2015 年 11 月　テロ直後のパリ

2017年　ベトナム，フエ郊外の屋根付き橋にて

2012年　南インド，コーチンの名物チャイニーズ・フィッシング・ネット

2017 年　シチリア島，シラクーサのアレトゥーザの泉
パピルス草に映る筆者父娘の影

2014年　スリランカ，ゴールのオールド・ゲート前

2017 年　シチリア島，パレルモ

2017 年　ナポリにて

2017 年　シチリア島，エンナにて．「シチリア人の魂は山にあり」

2019 年春　京都・円山公園の枝垂れ桜

2018 年大晦日　惜櫟荘番人の務め

岩波現代文庫／文芸 313

惜櫟荘の四季

佐伯泰英

岩波書店

目　次

作家の原稿 …… 1
旅の仕度 …… 9
インドの真理（上） …… 17
インドの真理（下） …… 25
写真家二川幸夫のこと …… 34
贅沢な午睡 …… 42
東京オリンピック　一九六四（上） …… 50
東京オリンピック　一九六四（下） …… 59
スリランカ旅行（上） …… 69

スリランカ旅行(下)……77
数寄屋と作庭……86
五十八めぐり……94
蜂と蝿　夢にて候……101
「謎の絵」のこと……109
テロ後のパリ……117
石畳雑記……125
英雄の死……133
鶴岡での講演……141
イリノイからの手紙……149
七十五年前の惜櫟荘……158

越南再訪 …… 166
気分転換の「船旅」 …… 174
ナポリを見て死ね――南伊紀行(一) …… 182
シチリア人の魂は山にあり――南伊紀行(二) …… 190
シチリア追憶、感傷旅行――南伊紀行(三) …… 199
カセンとお練り …… 207
文庫の時代は終わったのか …… 215
さくら違い …… 223

あとがき …… 233

作家の原稿

惜櫟荘《せきれきそう》の完全修復が済んで一年余が過ぎた。

再び夏が到来し、梅雨の晴れ間に青空がのぞいた。

海に接する短冊形の平地がある。惜櫟荘からみて急崖を十数メートル下がった土地で、岩波時代、保養所と称した管理人の住まい兼編集者の待機場所の二階建てであった。崖下であり、松の大木に囲まれているので敷地の外からこの保養所を見ることは難しい。敷地の西南側にわが源泉があって、一日二度朝と夕べに組合員十一戸に配湯している。だが、この十一戸中、住人か管理人が常駐するのは五戸ほど、住人にいたってはわが家を入れてわずか三戸で、豊富な湯量を十分に享受しているとは言い難い。

伊豆山十二号泉は掘削して七十年余が過ぎ、過日、ケーシング管に水中カメラを下ろしたところ、地表から五十数メートルのところで直径四、五センチの穴が開いていることが判明した。この穴自体がすぐに温泉汲み上げに障害を起こすものではないが、温泉管全体が老朽化していることは否めない。ついでに温泉汲み上げの構造を説明すると、温泉管は三つの管より構成されている。真ん中にエアーを送って温泉を地表に押し上げるエアー管、温泉を汲み上げる揚湯管、そして、これらの二つの管を保護する役目のケーシング管の三つだ。外側の管は直径十五センチ、およそ六十数メートルまで掘り抜かれており、その下は二百数十メートルまでは自然の岩盤をくりぬいた源泉に至る。このケーシング管の取替えは新たな源泉の替掘作業を意味する。自然の恵みとはいえ無尽蔵ではない。近年、熱海伊豆山地区でも温泉の枯渇が問題になっている。また土地があればどこでも温泉が掘れるというものではない。温泉は地区の源泉をまとめる温泉組合によって管理され、さらに静岡県によって監督される。既存の源泉を持つ場合の新たな替掘は、

一、現存の源泉から半径五メートル以内

二、源泉から半径二百メートル以内の他源泉の許し

と二つの条件を満たさねば県の審査を受け付けて貰えない。むろん替掘作業には莫大な費用が要る。十二号泉の場合、地下二百数十メートル掘削せねばならないので、およそ千五百万から二千万円ほどの替掘費用がかかる。その費用が捻出できず温泉組合に権利預りになって、実際に使えない源泉がいくつもあるそうな。

それはわが芦川温泉クラブとて事情は同じ。そこで五年計画で資金を調達し替掘工事

をなすことになった。この五年の間、これまで有人で温泉供給をしていたシステムを改め、無人化対応にする工事が二〇一二年の六月中旬から始まり、三週間ほど温泉が停止することになった。

この機会にと目論んだわけではないが、惜櫟荘でも第二期工事に入った。惜櫟荘の建つ崖上と短冊形の土地の間には、落差十数メートルの急斜面があって、この何十年もの間、人間の手が入っていない。ために崖地の松をはじめ、木々が枝を伸ばし放題、斜面は暗く陰鬱で保養所の屋根には松葉がかなり堆積していた。この崖地の間の石段は実に急な上に、木々の根っこが石段を下から持ち上げて、石段の踏面がでこぼこして危険極まりない。

私が惜櫟荘を譲り受けたとき、岩波時代がそうだったように、管理人が一人要ると思った。そこで人づてに管理人の募集をかけた。むろん働き盛りの世代では物足りなかろう。会社を定年退職し、第二の人生をと考えている年齢層に狙いを絞った。すると何人か関心を示して現地見学に訪れたが、そのうちの三人から、

「この崖地を上り下りする自信はありません」

と断られた。一人だけは私より年上だったが、二人は三歳から五歳年下だった。

それほどの急崖地だ。そこで崖地を整地してもう少し緩やかな石段を造り、保養所のある土地まで通路を下ろすことにした。言うは易し、造成はまるで築城の如く大変な工

かった。旧い石段の一部を残しつつ、ほとんどが新たな石垣造りで、斜面の途中から惜櫟荘を見上げると、野面《のづら》積みの石垣が九十九折りに重なり、景色は一変した。いささか武骨な石組は惜櫟荘の「簡素にして清華」とは馴染まないように思う。石畳道から眺める人に惜櫟荘はその一部すら見せない。平屋であることと松の大木のためだ。ゆえに先人の吉田五十八と岩波茂雄両人にお許しを願おう。

新たな石の段々を造ろうと思ったのは、短冊地を惜櫟荘と一体化して訪れる客に、まず海に接した庭を愛でて頂き、急崖地に伸びる石段をゆっくりと上がりつつ、樹幹越しに見える相模灘の変化を楽しんでもらい、翌檜《あすなろ》門からの細い石畳道の途中に出て、さらに石段を上がり、惜櫟荘の玄関に立って頂こうと考えたからだ。

そのためには足元が危ないでこぼこ石段の整備というか、新設は必要不可欠だった。そんな石段はおよそ一月半ほどで完成を見た。

私は一日に何度も上り下りして、二カ所だけ手摺りを付けてもらうことにした。

私は岩波茂雄と吉田五十八のコラボレーション作品に蛇足を加えるつもりはない。だが、惜櫟荘を守るために海側の短冊地を整備して惜櫟荘と一体化する工事は、どうしても必要だと家人と話し合った結果だった。なぜならば『惜櫟荘だより』に書いたが、海側の土地は惜櫟荘の眺望を保持するためにあったと考えられるからだ。

私が岩波から惜櫟荘を譲り受けたとき、この土地には保養所の他に錆くれたトタンの小屋が二つばかり海側にあってその周辺は鬱蒼とした竹藪で蔽《おお》われ、海は全く見えなかった。そこで半ば壊れかけた小屋を取り除き、女竹の竹群を伐採してみると、なんとも見事な松並木が相模灘に差し掛けるように現れたではないか。

松並木の間から望む相模灘は、惜櫟荘や母屋から見る海とも異なり、ひねこびた松と松の間から見る海は日によっては穏やかであり、時によっては釣り舟が点在する豊饒の海であった。また低気圧が通過する日には、海底の若布を引き千切って白波が虚空高く舞い上がり、豪快極まりない景色を見せてくれた。

私はこの松に出会った瞬間、海に突き出た能舞台のごときものを造ろうかと考えた。実際、一度は能舞台の設計を建築家に願い、

「松の能舞台」

のプレゼンテーションも受けた。

だが、工事にかかる前に変節した。惜櫟荘の完全修復を待ってこの土地の整備に手を付けるべきだと思ったからだ。建築家には大変すまないことをしたが、この判断は正しかったと思う。建築についてなにも知らない私を、惜櫟荘はあれこれと勉強させ、教え諭してくれた。そして、惜櫟荘が蘇った時点で、第二期工事に手を付けたというわけだ。

『図書』に二年間連載した「惜櫟荘だより」が本になり、それなりに加筆しつつ手直

しを行なった。帯の惹句には、

「私の初のエッセイ集は、文庫が建て、文庫が守った惜櫟荘が主人公の物語です」

とあった。

さてさて、人の縁というものは面白い。『惜櫟荘だより』が刊行されると同じ月、作家小川国夫夫人小川恵さんが、『銀色の月 小川国夫との日々』を出版されるというのだ。

このことを知った瞬間、なぜか脈絡もなく伝道之書の一節が脳裏を過った。

「世は去り世は来る、地は永久《とこしなへ》に長存《たもつ》なり。日は出《い》で日は入り、またその出《いで》し処に喘ぎゆくなり、風は南に行き又転《めぐ》回りて北に向かひ、旋転《めぐり》に旋《めぐ》りて行き、風復転《またぐ》る処にかへる。河はみな海に流れ入る、海は満ること無し。河はその出《いで》きたれる処に復還《かへ》りゆくなり。」

私と一家がスペインから引き上げてきたのは一九七四年が数日で終わろうとする師走だった。羽田に降り立った一家三人に夢を追う暮らしが終ったことを告げたのは、第一次オイルショックの影響で暗く沈んだ東京の町並みだった。

闘牛の写真をかたちにしなければなんのための闘牛取材行であったか分からない。平凡社に辿り着いたのは永川玲二、安東次男両氏の厚意による。そして、なんとか写真集の出版をと目論んだが、無名の新人にはそのハードルは高かった。なかなか企画が通らず二、三年の歳月が無為に流れた。

編集者氏が写真集に付記する文章を小川国夫氏に頼んでみないか、それならば出版が可能かもしれないというのだ。迷う余裕も暇《いとま》もない、それしかかたちにならないのならば、試してみようと決断した。

私は編集者氏に伴われて藤枝の小川家を訪ねた。外光が薄くぼんやりと差し込む旧家の座敷で対面した作家は着流しだったか、セーター姿だったか。『アポロンの島』の作家は、闘牛にのめり込んだ不器用な写真家(ともいえない時代だった)に自分の放浪時代を重ね合わせたか、即座に了解した上で自著に署名して下さった。あの折、茶を供してくれたのが恵夫人だったのだろう。正直、その風景をおぼろにしか記憶していない。

こうして私は小川国夫文章の写真集『角よ故国へ沈め』を出版した。今その写真文集の奥付を改めて見ると、一九七八年二月の発行だ。

以来、小川氏が東京に出てこられるとき、何度か酒席をともにしたが、なにせあの当時の作家詩人たちは豪快にして繊細な生き方で、とてもこちらと会話が成り立つ関わりではなかった。

茫々何十年の空白の歳月が過ぎ、作家のお別れの会で出版界へのきっかけを作ってくれた故人に改めてお礼を申し上げた。その直後のことだ。とある人から、

「この原稿は君が持っていたほうがよかろう」

と小川国夫氏の『角よ故国へ沈め』の肉筆原稿を頂戴したというか、お預かりした。す

でに静岡県民になっていた私は、いつの日か藤枝を訪ね、小川国夫にゆかりのある郷土文学館にお渡ししようと思いつつ、つい時が過ぎてしまった。

そんな折、私と小川恵さんが同じ月に同じ岩波書店から本を出す奇遇に、

「そうだ、そうしよう」

と決断した。『銀色の月　小川国夫との日々』の編集者にこの原稿を預け、小川家にお返ししようと考えた。そう思ったら、なんだか肩の荷が下りたような気がした。

旅の仕度

惜櫟荘の第二期工事が二〇一二年八月に完成し、庭の芝がなんとか落ち着いたのが一月後、これをもって、唐突に始まった惜櫟荘番人就任と建物完全修復、そして惜櫟荘敷地と急崖でつながっていた編集者待機所(岩波時代は保養所と称していた)の家が建つ海側の土地の敷地との一体化工事が完成を見た。二〇〇八年に惜櫟荘の譲渡を得てから、四年にわたる激動の時が過ぎた。

短いようで長い四年であった。家人とともに夢中で過ごした歳月でもあった。実測図制作からボーリングでの地質調査と地盤沈下を確かめる作業が始まり、始終敷地内に人の出入りが絶えることなく繰り返されてきた。敷地の中が刻々と変化していった。わが母屋の敷地の庭が取り壊され、作業場が出来、海辺近い保養所は修復の前線本部に明け渡し、それでも足りずに工務店の事務所と宿舎がプレハブでできた。

最初こそ人の出入りに驚いたり、刺激を受けたりしていたが、作業が長引くにつれ、近隣の迷惑も考えねばならなくなり、その対応を工務店に任せてはみたものの、施主としてはやはり気を使うようになる。当然のことだ。

予期せぬ四年の歳月で失ったもの、得たものと改めて考えてみたが、私の性格からして過ぎ去ったものはすぐに忘れるゆえ、この己への設問は成り立たないことに気付かされた。

もし私が金銭面までタッチしていたら、そんな呑気なことは言っていられなかったかも知れない。が、娘が修復費用の捻出と支払いを担当してくれたので、私は修復が続く間も、ふだんのペースを守り、文庫書下ろしというスタイルで時代小説七シリーズを交互に書き続けることに専念してきた。今月の支払いはどうなるとか、税金をどうしようなんて考えていたら、読み物とはいえ書けるものではない。娘とて修復費用の調達といっても印税以外収入とてなく、ただ不定期に入る印税を貯めて、ほぼ二月置きに請求がくる修復費を支払い、税金を納付する、やりくり作業だ。収入が一定であるならばいいが、不定期の中で修復費と税金の支払いがほぼ二月に一度の割でくることに対応するのは容易ではなかったと思う。ちなみにこの四年で私が書き下ろした時代小説は六十一冊(読本と称するシリーズ紹介本五冊が含まれているが、同時に版元を変えた『古着屋総兵衛影始末』十一冊の手直しは出版点数に含まれていない)であった。それにしても多い。多過ぎる出版点数は、現在の出版不況と小説家としての私の位置を物語っている。

だが、この執筆と出版点数がなければ、惜櫟荘の修復は成り立たなかったのも事実だ。

昨夏、ついに第二期工事が完成し、海辺の短冊形の土地ががらりと変化した。まず海辺の南西側に新たな門が出来た。鉤の手の敷地に四つ目の門だ。なんとも門だらけの敷地だ。さらに当初の惜櫟荘敷地と海辺の短冊形の土地を結ぶ急崖地に緩やかな石段が造られ、この崖で二つに分断されていた敷地が一体化された。だが、当然なことに造園工事によって造られた庭は若く、惜櫟荘と一体化するまでには数十年の歳月が必要であろう。二つの土地の一体化なんて私が思い付いたのは、保養所と芦川温泉クラブの共有地の土地付近に昔からあった大島桜の存在だ。

だれかが植えたというわけではあるまい。鳥かなにかが運んできた実から育った、いわゆる実生《みしょう》、みばえと思える。ふだんはさほど目立つ木ではなかったが、花の咲く季節に、ぱあっと明るく存在を示した。保養所の土地は惜櫟荘工事のバックヤードとして使われることになり、入口の桜も切るか、移植するかの選択を迫られた。私は迷うことなく石垣下に一時的な移植を願った。そして、惜櫟荘の修復が完成したとき、桜をどこにもっていくか、決断が再度迫られた。むろん岩波時代のように敷地の入口に戻すという考えもあった。だが、私はこの海側の造園工事に際して、京都のウェスティン都ホテルのようなシンプルなものにしてほしい、また出来る事ならば大島桜を中心に設計してほしいと、惜櫟荘でも世話になった岩城造園に願った。

何度か岩城からデザインが示され、短冊形の敷地に添って楕円形に小高く盛り上がった芝生と石の組み合わせの中央に大島桜を置くアイデアを私は選んだ。デザインは決まったが実際の作業に入ってみると、私の考えたこととは微妙に違うことが出てきて、足し算より引き算の庭造りになった。

ともあれ相模灘とひねこびた松を背後に庭の真中に居場所をもらった大島桜、これまで脇役だった役者が急に主役に抜擢されたようで、大きな舞台の真ん中でもじもじしている新入りのようであり、初々しい。来春、花が咲く季節にどのような化け方を見せてくれるか、楽しみにしている。

短冊形の土地に造園された石と芝生の庭、元からあったひねこびた老松と大島桜、相模灘の景色はなかなかの見ものと自画自賛しておこう。表紙の写真の光景だ。

これからは次なる命題の新惜櫟荘保存をいかになすか、に移るがこれが修復以上に厄介で一家の頭を悩ましている。そのことは、このエッセイの中で折々報告していきたいと思う。

私の「夏休み」は例年他人様が動く夏を大きく過ぎた晩秋から初冬が定番だ。この数年、飼犬ビダが老いて介護が要るようになった。そこで夏休みも一家で二手に分かれての分散旅を繰り返してきた。だが、そのビダも逝った。永年暮らしをともにしたビダがいなくなり、その寂しさに耐え切れず三代目の犬を飼った。柴犬の牝、三代続いて同じ犬種、性別だ。

生き物を飼っている人ならば分かって頂けると思うが、愛しい犬や猫が亡くなったあとのペットロスは何度体験しても辛いものだ。

二代目のビダは初代のコロが亡くなって一年後のことだった。未だ小説家として低空飛行が続いていた時代だ。いや、書くことに対して迷いはなかったが、なにしろ売れなかった。十数年前まで毎月の家賃を払えば、ほっと安堵した。そんな暮らしの中からコロがいなくなり、フラメンコ舞踊家の小林伴子さんに電話で愚痴ってばかりいた。彼女もまた柴犬を飼っていたからだ。牝ではなく牡のシバ君だった。柴犬は結構気難しい犬種で、飼ったものでないと愛らしさと気難しさが分からない。伴子さんには迷惑至極だが、コロのいなくなった愚痴を聞かされて一年余、ある時、

「佐伯さん、私に付き合って」

と自宅に呼ばれた。彼女の自宅は荒川を越えた川向こう、車で自宅を訪ねると早速彼女が乗り込んできて、見知らぬ土地をかなり走った。彼女も訪問先の土地勘がないらしく、迷い迷い訪ねた家は仕舞屋風で伴子さんが、

「ここだと思うんだけどな」

と首を傾げながら、訪いを告げた。

ブリーダーというのか、空の金網のケージがいくつもあって、頭上にはタオルなどが満艦飾に干されていた。若い女性が、あれですけど、とケージの一つを指した。そこに一匹だけ仔犬がいた。その瞬間、伴子さんが煮え切らない私の後押しを買って出たか、と察した。

「佐伯さん、抱いてみたら」

薄暗い小屋のような場所に残された（ペットショップで売られるには大きくなり過ぎていた）仔犬をそっと抱き上げた。一年ぶりの懐かしい温もりだった。仔犬が私の顔をすがるような目で見た。もはや抵抗する術はない。家人に相談して出てきたわけではない。どういう反応を見せるか気にかけながらも、仔犬を膝に抱いて車で家に戻って来た。

娘は喜んだが女房は困惑したというより怒った。当然だろう。この場面で想定させる騒動と押し問答の末に、居心地悪くも仔犬はわが家の一員になった。そして、十六年と八カ月後に亡くなった。

この経験があったから女房は、もう犬はいいと言い続け、私は自らの年齢に犬の寿命を合わせると、どう考えても私が先に逝く現実を考えていた。だが、娘は私たちがこの三十年余、いかに犬に慰められ、勇気づけられてきたか承知していたので、直ぐに三代目を飼う仕度を始めた。そんなわけでビダが亡くなり一月後、沼津から仔犬がやってきた。伊豆の端っこながら仔犬が生まれたのも伊豆なら、私たちが住む熱海も伊豆という

みかんと筆者

ことで、名前は伊豆海《いずみ》にしようかといったんは決まりかけた。だが、伊豆海《いずのうみ》、と読めないことはない。まるでお相撲さんの四股名《しこな》ね、という女房の言葉に一転、みかんと決まった。

　十七年ぶりの仔犬、爺と婆が孫の扱いに困るような日常が始まった。みかんはこれまでの初代、二代目に比べても小型であり、躾もきちんとされた美犬だった。だが、飼い始めて直ぐにアトピーを発症し、全身を掻きむしり、眼の周りは黒ずんで美犬の様相は一変した。アトピー症状の対策は人間も犬もいっしょ、最終的にはステロイドで抑える。だが、出来ることなら幼いうちからステロイドを体内に蓄積させたくない。

長い戦いだった。いや、アトピーが完治したわけではないが、なんとか小康状態を得るのに半年以上過ぎていた。その間、みかんは手足にバンデージ、首にはエリザベスカラーの不自由をよく我慢し、耐えた。

さあて本題に戻る。一家で旅に出るとなると、みかんをどうするか。健康であれば沼津の実家か、ペットホテルに預けてもいい。だが、ストレスでまたアトピーを再発しそうな予感がする。あれこれ思い悩んだ末に、惜櫟荘の管理人の栗原さんに保養所で一緒に「合宿」してもらうことにした。この考えは女房の発案だが、みかんも栗原さんに懐き、栗原さんも仔犬から飼われ始めたみかんを好いてくれたから生まれたアイデアだった。みかんにとって慣れた敷地の中で懐いた栗原さんと過ごすことが一番よい策と考え、旅の仕度を終えた。

インドの真理(上)

インドに落日を見に行こうと思った。近ごろ、旅の行き先は思い付きで決まり、娘がインターネットを駆使して、具体化する。飛行機を予約し、旅先のホテルを選ぶ。行き先の一つにケララ州を加えたのは亡き詩人田村隆一氏からコモリン岬から見る夕陽の荘厳さを聞いていたからだ。今あらためて『インド酔夢行』を読み返してみると、「針の先端、全世界の沈黙が全集中する一点――ケープ・コモリン」に難行苦行の末に到着したにもかかわらず、「まっ赤な太陽は――紫色の雲に包まれて、あわれ、ぼくらの目には見えない」とあった。なんだ、田村さん、コモリン岬の落日を見られなかったのか、ならば私が代わりに見物に行こう、と考えたわけではない。毎朝、私は惜櫟荘大松の樹幹ごしに相模灘に昇る日の出を拝みつつ、時代小説を書いてきた。日の出は見飽きたとはいささか傲慢で贅沢な話だが、七十を越えて、力強い日の出より、水平線に没して燃え尽きる煌めきが見たくなった。

旅の実務を担当する娘から報告があった。ケララ州コーチンのホテルにメールすると、「父上はおいくつか」と問い合わせがあったそうな。七十と応えると、「うちにはエレベーターはない、二階への階段は大丈夫か」と質されたとか。娘がどう答えたか知らないが七十とはそんな年齢なのだ。それで詩人田村が初めてインドに行った年齢を調べてみた。五十歳だった。私はさらに二十歳も齢上でくたびれている。だが、インド初訪問ではない。三十年以上も前、ラジャスタン州のジャイプールに数カ月滞在したことがある。まだバブル全盛期、テレビのドキュメンタリー番組を制作するためだ。制作費が潤沢にあり、取材相手が藩王《マハラジャ》の暮らしということもあって、相手方の都合次第、つまりわがままで、撮影が延びに延びた。その折の経験があるせいで、なんとなくインドを甘く見ての出発だった。

最初の訪問地はベンガル湾沿いの南インドへの入口チェンナイ。詩人田村が訪ねたインドとは少し異なる場所を選定しようと思ったが、旧名マドラスの響きに強く惹かれた。というわけでいきなり詩人田村の足跡を辿る旅になった。

空港からチェンナイに入る道すがら、いきなりインドの混沌、無秩序、罵り合いとあらゆる現象が姦しい警笛に乗せられて一気に押し寄せてきた。インドは本格的な車時代を迎えていた。高度経済成長と相俟って、詩人田村と私が知るアンバサダーが長閑に走る光景は失せていた。その代わり日本車、韓国車、アメ車、そしてメイド・イン・インドの車群が車道、歩道(はて歩道があったかしら)の区別なくびっしりと並んで、わずかな隙間があれば車首を突っ込もうと警笛を鳴らす、絶え間なく鳴らす。周りの車も呼応してまた鳴らす。始終、クラクションが鳴り響き、急発進し、急停車する、まるでインド騒音交響曲だ。

娘がドライバーになぜかくも警笛を鳴らしっぱなしにするのかと質すと、「クラクションはインド人の言語」と宣い、また急発進してわずかばかり進んで止まった。それにしても車窓から見るチェンナイの景色は汚い。私が知るインドも詩人田村が歩いたインドも町中にごみが散らかっていなかったわけではない。だが、人間が必要としなくなった物体はインド亜大陸の大地に溶け込んで消える自然ごみが多かった。

その典型が死者の埋葬だ。死にいく者は大河ガンガの岸辺にその時を待つ。

私はインドで葬式を執り行った経験がある。義母が亡くなったとき、私はインドにテレビのロケハンに出立する前日だった。火葬場で骨揚げをするとき、私は一片の義母の骨をそっと懐に忍ばせた。確乎たる考えがあってのことではない。衝動的な行為だった。

私と妻は大学時代からの知り合いだった。東京で質屋を営む妻の実家は高度成長期のただ中にあって商売を急速に拡げつつあり、地方出身の私から見れば「豊かさの象徴の家庭」だった。娘がボーイフレンドを家に連れてくると義母は必ず天麩羅屋から天麩羅をとり、持て成してくれた。私には大したご馳走だった。

結婚した私たちが私の思い付きでスペインに行き、数年後に帰国した時には妻の家は没落して借家暮らしをしていた。そんな中での義母の死だった。骨は外国も知らず亡くなった義母をインド旅行に連れていく、そんな考えであった。弔いの夜、妻に話すと黙って母親の骨を小箱に入れ、甘味が好きだった母のために飴を骨といっしょにした。その小箱を持って私はラジャスタンの旅を続けた。ロケハンが終わり、ニューデリーに戻ってきて、さてこの骨をどうしたものかと、取材に協力してくれたナヤンに話してみた。黙って拙い私の英語の説明を聞いていたナヤンがホテルの毛布を引っぺがし、くるくると巻いて手荷物にした。そしておまえも私に見倣えといった。なにが起るのか分からなかった。バス・ターミナルから北行きのバスに乗った。観光バスなどという贅沢な代物ではない、インド人が押し合いへし合いするバスだ。がたがた道をおんぼろバスに揺られること八時間以上。ナヤンは目的地に着いたとき、おまえは今後一切口を利いてはならぬと命じた。おれが話しかけるときには首を傾げて、アッチャー、アッチャーと応えろと言った。なぜ？　ハルドワールは異教徒には厳しい町だ。ゆえにおまえはおれの従者として同行するのだ。

ハルドワールが目的地で、ガンガの上流にして「シバァ神《ハル》の門《ドワール》」という聖地と知ったのはずっと後のことだ。巡礼宿の窓には猿の侵入を防ぐために金網が張り巡らされ、ベッドはただの木製の台だった。ために毛布が要ったのだ。

その夜、ナヤンはガンガの流れる橋の上に私を連れていった。支流と本流の間に中洲があって死を待つ人々の小屋が無数にあった。氷河から流れ出たガンガの流れは、平野に出ても滔々として速く、冷たそうだ。近親を亡くした遺族らが、沐浴場《ガード》から木の葉の舟に素焼きの小皿を載せ、灯心に火を灯すと流れにおいた。すると灯明が次々に流れに乗って下流の闇へと、すうっと溶け込む様は現世から冥界へと向かう魂を想起させた。

ナヤンは、この風景を義母の骨に見せたかったのかと理解した。アッチャー、アッチャーとナヤンの親切心に感謝の気持ちを返した。ナヤンは、明日の朝は早いとだけ答えた。

翌朝、バスタオルを私に渡したナヤンが、遺骨は持っているなと念を押した。訪ねた先は火葬場下の沐浴場だった。そこにはヒンドゥー教の僧侶が待ち受けていた。遺骨の周りに金鳳花《キンポウゲ》の花とミルク(?)が浸され、僧侶が経を詠み始めた。

その時、ナヤンは義母の弔いを準備してくれたのだと卒然と悟った。ナヤンは読経に唱和し、私にも口真似しろと目顔で命じた。読経が終るとナヤンはパンツ一枚になり、私も真似た。遺骨を掌に載せた私はガンガの流れに身を浸した。すると足裏になにかがジャリジャリと砕ける感触があった。僧侶は沐浴場で読経を続けていた。

ナヤンが五体を浄めるように冷たい水に頭まで潜った。私も見倣うしかない。氷河から流れくる水は身を切るほどに冷たく、寒さに思わず水中で眼を開いた。すると川底になにかが白く堆積していることが分かった。大きな魚が悠々と泳ぎ、白い川底を漁っていた。そのとき、川底が死者の骨で敷き詰められていることを私は知った。魚は火葬で焼ききれなかった死肉を漁っているのだ。水中で茫然として考えもなく死者たちの光景を見詰めていた。そして、いつしか私の掌の義母の骨が流れに消えていることに気付かされた。

人はガンガの流れに同化し、われらが来た処へと戻っていく。インドの真実とはこういうものか。

詩人田村もこう悟らされていた。

「インドの大地は飢えている。しかも健康に飢えている。どんなものでも呑みこんでしまうだろう。そして大地を養い、ガジュマルの大樹や母性的な菩提樹を、椰子の木を、ココナッツの木を育てるのだ」

だが、その文章の先にこうも予言していた。

「ビニール製品と自然物との類は、大地に関するかぎり、厳然として存在する。ビニールの類は、大地の肥料にならないからだ。やがてインドの大地も、ビニールの化けものに襲われる日がくるにちがいない」

マドラスからチェンナイと名を変えた南インド第一の商工業都市はプラスチックごみとビニールごみに覆い尽くされ、川は化学薬品の工場から流れ出る汚水に汚されていた。

嗚呼、と嘆いているとタクシーはわがホテルに到着した。閉ざされていたホテルの門が警備員によって開けられ、空港以上の厳しい検査の後、ようやくホテルのロビーに入った。

娘がチェックインの手続きをする間、私は何気なくホテルの名をヴィヴァンタ・バイ・タージ・コネマラだと知り、あらあら、詩人田村にどこまでも付きまとわれているぞと思った。『インド酔夢行』の一節に「タクシーは、ひろびろとした自動車道路を、ゆったりと走って、コネマラ・ホテルへ。気品のある落着いたホテル」とあったからだ。

部屋に落ち着いた時、娘にそのことを告げると早速インターネットで調べ、われらのホテルが豪族の館として建築されたのは一八五四年で、その後、改修やら転売が繰り返され、一九三七年に大改修の後、コネマラ・ホテルとして再出発したということが判明した。そして、一九七三年に日本のタゴール、詩人田村を迎えたというわけだ。さらに一九八四年にタージ・グループの傘下に入り、ホテル名も変わっていた。

「なんてこった、三十九年後、詩人田村の御用達ホテルに同宿するか」

この歳月はマドラス改名チェンナイになにをもたらしたか。

次の日からカーパーレーシュワラ寺院とパルタサラティ寺院、大航海時代の後ポルトガル人が建設したサン・トーメカソリック聖堂を見学して回った。だが、車群の洪水と町じゅうがごみ溜め状態の最初の印象から抜け切れず、どこにいっても馴染めなかった。

カンチープラムにて

「明日からどうするかね」と同行の家人に相談した。その結果、運転手付きの車を雇い、郊外に出てみようということになった。

「このマドラスで、インドの古代と中世に会おうと思うなら、アンバッサダーをやとって、西南七十七キロを疾走しなければならない」

われらの目的地カンチープラムもまた詩人田村が足跡を残した土地だった。

私たちはインドの高度成長期の急ぎ足に困惑し、ホテルに疲れ切って戻ってきた。こんどのインド旅行を通じて、チェンナイはまず南インドの現況をわれらに指示《さししめ》したのだ。そのことが分かったのはインドからの帰りの飛行機の中だった。

インドの真理(下)

斎藤茂吉が惜櫟荘に泊まった折、詠んだ歌があることを、ある歌人がブログで触れていたとか。その歌が『斎藤茂吉選集第六巻 歌集六 霜・小園』(岩波書店、一九八二年)に所載されていると娘が熱海に送ってきた。愛らしい表紙の選集、昭和十七年三月五日の日付で「熱海岩波別業櫟庵即事」と題され、八首があった。

とどろける潮《うしほ》のおとが夜もすがら聞こえて吾はひとり臥しぬる

が第一首で、歌に暗い私にもよく情景が浮かぶ即詠だった。潮のおとは惜櫟荘番人が毎日耳にしている。護岸に打ち寄せる波音の高低や響きは毎日違う。だから、うんうん、そうそうと頷けるものだった。

茂吉は戦争の最中の昭和十七年三月四日に岩波別業に独り泊まったらしい。別業とは聞き慣れぬ言葉だと広辞苑でひくと、下屋敷、別荘とある。この岩波別業が建築されたばかりの頃、「櫟庵《れきあん》」と呼ばれていたのか、惜櫟荘の別業名は定まっていなかったのか。六首目の、

たかむらに椿ふたもと立ちにけり紅《あけ》きはまりし花おちむとす

が私の心に沁みた。本稿を書いている時節が三月初旬、斎藤茂吉が独り櫟庵に宿った同時期で、和室の南側に椿ひともとあり、大松の下の日蔭に紅き花が鮮やかに浮かんでいるからだ。惜櫟荘の大改築と海側の土地を造園したとき、椿を新たに植え増した。ためにこれまで以上に惜櫟荘は「椿屋敷」に変じて、今年は格別に色とりどりの椿が暗がりにひそやかに、かつ艶やかに咲き誇っている。

南インドのケララ州コーチン、南部インド旅行の二つ目の立ち寄り先だ。チェンナイの混沌と汚さに、こんどのインド旅行は期待薄かといささか諦めかけていた。飛行場から車でホテルに向かう間に、夕陽が水田とココヤシ林の向こうにすとんと沈んだ。真っ暗の中、ドライバーは急ぎに急いだ。フォート・コーチンに渡るフェリーボートに間に合わせるためだった。コーチンはケララ州を特徴づける水郷地帯の北端に位置し、天然

の入江、湖に恵まれた土地という。だが、私にそれ以上のケララの、コーチンの知識はない。

暗い海峡を渡ったところに小さな船着き場があって、仕事帰りの車やバイクがわれ先にと上陸していく。なんだか島に渡っていく感じだが、フォート・コーチンはインド亜大陸と陸続き、水郷地帯の複雑な地形と海峡のためにそう思えるだけだった。船着き場から直ぐのところに、わがオールド・ハーバー・ホテルはあった。娘がインターネットで予約を入れたとき、私が七十歳と聞き、「うちにはエレベーターはないが、父上は階段を独りで上り下りできるか」と訊ねてきたパウロが待ち受けていて、親愛の笑みで迎えてくれた。

ホテルはオランダ商人がポルトガル様式で建築した木造建造物であった。ロビーに足を踏み入れた瞬間、このホテルの佇まいが気に入った。

私の部屋はなんともだだっ広い空間で、床材も梁も長い歴史を感じさせて古色に染まり、それを若い感覚のパウロたちが居心地のいいスイートルームに改装していた。いちばん広い部屋を私のために家族が予約してくれた。七十にして馬車馬のように働く職人作家への贈り物だった。独りで寝るにはなんだか無聊で退屈しそうだ。階下のレストランで家族三人が再会し、庭の向こうのコーチン・バンドの音楽を聞きながら、ワインを呑み、料理を楽しんだ。私の知るインドとは別世界がそこにあった。

ざあっ、と音を立てて篠つくスコールが襲来し、調べを雨の向こうに遠ざけ、また雨が止むとともに復活させたのも一興だった。

翌早朝、私は独りホテルの前の公園を抜けて浜辺に出た。数百メートル先にヴァイピン島が見え、海峡は川の流れのように思えた。コーチン名物の巨大なチャイニーズ・フィッシング・ネットを用いる大網漁は昔からの生業《なりわい》だが、今や観光名所らしく、白い腰巻姿の漁師が「写真をとれ」、「チップをくれ」と忙しない。そこで、昨夕着いたフェリー乗り場に向かった。

すでに普段の暮らしが始まっていた。バイクにまたがった通勤者がフェリーに乗り込み、次々に対岸の島々やエルクラム・タウンに運ばれていく。その間を山羊の一家がのどかに餌を探して歩いていた。

コーチンはフェニキア人、古代ローマ人、アラブ商人が渡来し、昔も今も交易物流の要衝として栄えてきた。ベンバナード湖とも呼ばれる海峡の一角の人工島に国際貿易港を想起させる巨大なクレーンが見え、コンテナが埠頭に山積みされていた。

視線を海峡から町に転ずれば船着き場の隣は魚市場だった。旅人の眼差しは住民や風景を求めて常に移動していく。プラスチックケースに入れられた小鯵に砕氷がかけられ、オートリキシャに積まれて何処かに運ばれていく。買い主はサリー姿の婦人だ。食べ物屋か魚屋でも営んでいるのか、そんな光景を漫然と眺めて歩く。野良犬なのか飼犬なのか、のんびりと私の散歩に同道し、いつの間にかいなくなっていた。

朝食の後、家族そろって聖フランシス教会にお参りした。一五二四年にヴァスコ・ダ・ガマはこの地で亡くなった。ためにポルトガル人航海者の墓がこの教会にある。質素な外観と内装が冒険者の無念を感じさせたのは旅人の感傷か。ガマの遺体はのちに故国に移送され、埋葬された。湿った教会の空気が漂う聖堂に鎮座する遺体なき墓に一礼し、外に出てみると少年たちが教会の隣の原っぱでクリケットに興じていた。遠景に躍動する白いユニホーム姿が私の脳裏に刻まれた。やはり死者より生者のほうがほっとする。

コーチンは散策するに実に頃合いの規模だ。大航海時代を想起させる香辛料を扱う問屋、客の気配のない土産物屋、結構忙しく出入りの激しいバスターミナルをだらだら歩いていくと、ほぼ町見物は終る。世は事もなしといった風情の警察署があって、道路の真ん中で犬が気持ちよさそうに寝ていた。頭上には南国の大木が繁り、黄色の花を降らせている。ために犬の眠る地べたも犬の体も、黄色の花で彩色されている。時折、通過する車は花に飾られた犬を避けていく。

昼下り、プリンセス・ストリートをはじめ三つの通りが交差する、最もコーチンらし

コーチンの犬

い町並みの一角、カフェの窓際に座り、一家で往来を漫然と眺める。旅の醍醐味だ。

カフェの前は小さなパーク・アベニュー・ホテルに宝飾店にサリーの店。こちらも客はいないが、慌てる様子もない。自転車に「コーヒー」と「チャイ」と看板を上げた飲み物売りがきて、サリー屋の主がチャイを買った。毎日の習わしなのだろう。

三叉路の一角に私立の学校があって、下手な吹奏楽を繰り返し練習する音がカフェに流れてくる。湿った光の中、響く調べはランバダだが、最後まで演奏を通すことができない。同じ個所を何度も繰り返される調べが物憂く響いて、コーチンの雰囲気を形作っている。

小山羊が二匹、プチホテルのロビーにちょこちょこと入りかけ、体よく追い出された。学校の周りにスクールバス、オートリキシャ、自家用車と集まってきて、親やメードたちが子供を迎えに来た。色とりどりの制服を着た小学生から中学生くらいの娘たちがそれぞれの車に行儀よく、満杯に詰められる、詰められる。どの乗り物も満載だが実に大人しく、私たちと眼が合うと恥じらいに満ちた笑みを返してくれる。この地方は教育水準が高く、識字率はインドで最も高いそうだ。慎ましやかなケララが、コーチンが、チェンナイの喧噪と混沌の思い出を遠くへと消し去ってくれた。

私たちは、アラビア海に沈む日没をヴァスコ・ダ・ガマの散歩道に見に行った。海に突き出た突堤に独り日傘を差した人物(女か、男か分からない)が塑像のように座して身動き一つしない。夕日に向かって行者がお祈りをしているようにも見える。その一つとなりの突堤には女性チェロ奏者がアラビア海を背景に演奏し、それをクルーが撮影していた。CMの制作だろうか。楽器の調べは海峡の風に吹き消されて私たちの耳には届かない。だが、風に掻き消えたチェロの音がなぜか豊穣のケララの歌を私の胸に響かせてくれる。

鈍色のうねる波間から忽然と舳先が反り上がった漁船が現われ、猛然と港に戻ってくる。アラビア海の濁った残照を背にして疾走してくる船は力動的で迫力に満ちていた。

チェロの無音の調べ、日傘の人物の醸し出す祈り、花びらを散らした犬の寝姿、含羞の笑みを浮かべる娘たち、町を棲み処にする小山羊、南インドはしっとりとして旅人を癒してくれた。

「インド旅行はこれが最後と思っていたけど、水郷地帯《バックウォーター》のアレッピーを中心にした旅をもういちど計画してもいいね」

夕食の時、私が提案すると娘が即座に頷いた。

「私たち、まだ本物のケララに出会ってないみたい」

帰国後、ケララの本を娘に探すよう願ったところ、何冊か、熱海に翻訳本を送ってくれた。その中にケララ出身の女性作家、アルンダティ・ロイの二冊が入っていた。処女作の小説『小さきものたちの神』(DHC、一九九八年)とルポルタージュ『わたしの愛したインド』(築地書館、二〇〇〇年)。小説はブッカー賞を受賞し、インド国籍を持つインド人としても、またインド女性としても初の受賞者として一躍国民的な英雄になったとあとがきにある。表紙に映るロイの聡明にして明晰な眼差しはコーチンで出会った人々の面影と重なった。なにより『小さきものたちの神』は詩想豊かな物語で、散文であって韻文の趣、ケララの景色と匂いを十分に伝えてくれた。私はインドの現代文学をロイによって教えられた。近い将来、

(ケララに戻ろう)
と旅心を募らせている。

写真家二川幸夫のこと

季節が移ろい、椿の季節が終ると惜櫟荘は紫陽花にとって変わった。旧惜櫟荘時代、紫陽花が咲いていた記憶はない。修復に際して、建物の周りの造園工事を岩城造園に願った。こちらの注文も岩城の感覚も、自然の地形と植生を生かした庭園の景色を大きく変えないことで一致していた。

惜櫟荘の北西側にあった女中部屋(独立した建物)を壊したが再築することはなかった。吉田五十八の設計ではなかったし、なによりそれがあるために惜櫟荘の北西側の風通しを悪くし、建物を傷めていた。取り除いたことで狭い空間に貴重な土地が生まれ、その辺りの造園をする要が生じた。ために旧来の植生を生かした造園が行われ、紫陽花が何株か植えられた。そんなわけで惜櫟荘は紫陽花、山吹などがひっそりと咲く庭となった。一方、女中部屋に覆いかぶさるようにあった葡萄棚は再現されて、二株が植えられ、今年初めて葡萄の実がなり、秋の収穫を楽しみにしている。

この建物の主たる初代の櫟《くぬぎ》は並んで立つ二代目の精気をもらってか、この季節、新たな葉を茂らせて頑張っている。

春浅い三月初旬、新聞の訃報欄が私を驚かせた。建築写真家二川幸夫の死だった。それは二川の写真家としての出発にもなった「日本の民家　一九五五年」展の開催中だった。偶然にも悲報に接した前日に、私と娘は二川幸夫初期の作品展を見に行き、二川の豊かな想像力と旺盛な行動力に圧倒され、モノクロの写真群の静かなる凄みに敬服して熱海に戻ったばかりだった。

二川との出会いは惜櫟荘を通じてだ。熱海に伴ってきたのは水澤工務店の顧問であった高野栄造だ。私は二川幸夫の名は承知していても世界じゅうを飛び回っての業績を承知していたとは言えなかった。袖なし羽織、軽衫《かるさん》姿に下駄ばきであったと記憶している。態度も口調も直情径行で、初対面の私は、

「この爺さん、うるさ型だな」

と圧倒された。若き日の建築家安藤忠雄に「おまえの作品集はおれが出してやる」と言い放ったという面目躍如の言動だった。

高野と二川は、畑は違えども吉田五十八の下で建築修業をなした仲間だ。吉田を肌で

知る世代だけに惜櫟荘を前にして、それぞれの講釈と思い出話が建築家を彷彿とさせて面白かった。そのときはただ吉田五十八の作品詣でのように思えた。

惜櫟荘が修復なった折、二川は再び惜櫟荘を訪れてくれた。驚いたのは二川が杖を突き、車の乗り降りにも子息の由夫やスタッフの手を借りていたことだ。私の問いに「足を痛めた」とそっけなく返答した。後に考えると、腎盂《じんう》ガンの手術直後であったのだろう。新築なった建物をゆっくりと見物し、黙然と時を過ごして熱海を去っていった。

その数日後に、二川が創刊した日英併記の『GA(グローバル・アーキテクチャー)』誌に紹介させてほしいとの依頼を受けた。私はもちろん即刻承諾したが、あの体で撮影が出来るのだろうかとも案じた。

撮影は間もなく三日間の予定で行われた。不自由な体を由夫やスタッフの方々が支え、辛抱強く行われた。惜櫟荘はわずか三十坪余の建物だ。三日を割く濃密な撮影にも驚いたが、二川を始め、由夫やスタッフの、対象に向き合う真摯な姿勢に感銘を受けた。とはいえ、「惜櫟荘は別嬪さんなのに、なんでそんな日数を掛けるのだ」と訝しくも思った。

私が惜櫟荘を譲り受けてからも多くの写真家が惜櫟荘にレンズを向けた。だれがとっても美人に写った。そんな建物なのだ。

日本家屋の撮影は曇りがいい、と二川は粘りに粘って撮影が終った。最後の日に二川幸夫と私の対談が行われた。その折、二川は建築の知識が皆無な惜櫟荘番人に実に優しく接してくれた。改修前に訪れたとき、吉田先生の建物では一番暗いと思ったものが(改修後)明るくなって印象が一変した、これが吉田先生の作品です、と改修の成功を二川は認めてくれた。そして、「吉田設計の建物は住みづらい。その住みづらさこそ魅力」という、岸元総理大臣の言葉を借りて、「住み心地の悪さがいいんだよな」と吉田芸術の特徴を語ってくれた。

それともう一つ、対談で心に刻まれた二川の言葉があった。私が同じ熱海の杵屋六左衛門邸を引き合いに出したとき、二川は杵屋邸と惜櫟荘は正反対のタイプで、惜櫟荘は吉田作品と考えられないくらいかたいし、色気がないと語った感想だった。吉田五十八を知り、多くの現場や作品を見てきた二川幸夫ならではの分析だった。そして、惜櫟荘の武骨で艶のなさは、岩波茂雄の感性を吉田が受け入れた結果だろうということで、私たちの意見は一致した。

この撮影から数カ月後、二川の創始した『GA JAPAN 117』誌が送られてきた。その表紙を見た瞬間、私は二川幸夫の、建築写真に命をかけてきた感性と技術の見事な融合を見せつけられた。「この爺さん、ただ者ではなかった」と即座に私の無知を恥じ、全面降伏した。

それは惜櫟荘の玄関の写真だ。曇天を待って撮影したと思われる一枚に、「吉田五十八作品はおれしか分かるまい」という二川の自負と自信が凝縮されていた。これ以上端整な惜櫟荘の表玄関の写真を私は知らない。番人になって短いとはいえ、私はこの数年、この建物と毎日接してきた。だが、吉田作品の神髄を観察する視点を持ち得なかったことをこの一枚が教えてくれた。

没後、二川を惜別する評が新聞各紙に載った。その中に由夫の「建築家の小間使いになるな」という亡父の言葉が紹介されていたが、二川は吉田五十八を敬愛しつつも吉田を超越して、その思考と感性に分け入って写真を組み立てていた。建築家の小間使いどころではない、二川は建築の枠を超えて、自立した写真芸術をそこに見せていた。

あるアメリカ人建築家が大金を支払うからと自分の作品の撮影を二川幸夫に依頼したというが、にべもなく断られたそうな。二川の感性に添わない建物は撮影の対象外であった。建築家の磯崎新氏の言葉に二川の建築写真の神髄が言いつくされている。曰く、

「写真家が建築を撮ったのではない。建築を理解し、空間構成の視点があった。建築家が撮ってほしいように、まるで設計するように撮影した」

と。

惜櫟荘玄関の写真がまさにそうだ。七十年前、熱海の現場で吉田五十八が想像したように空間構成した一枚であった。この一枚は、今回の解体復元の責任者板垣元彬《もとよし》が師の

感覚を忠実に継承してくれたことを証拠立てる写真ともなった。

さらに本文中に掲載された大松と相模灘、松群と惜櫟荘の屋根、白黒写真の松の木肌は、甲羅を経た老松の長い歩みに想いを馳せさせた。

居間の全景と初島を望む松越しの海。革張りのソファが二川の判断で何脚か取り除かれ、空間に余白を持たせている。一点一画ゆるがせにしないプロの映像だ。さらに別の角度からの居間は中庭と書斎コーナーの障子が閉じられ、ために吉田五十八の美意識を室内に凝縮して蘇らせている。

和室三葉。雪見障子の上部に障子を残すことで見える庭と端整な和室の佇まいの対比が魅力的だ。庭から撮影された和室の沓脱石の石貼りの美しさ。旧惜櫟荘の石貼りより修築後の石貼りがきっちりと貼られて揺るぎがない。そのことを二川は的確に描写した。

これらの二川の写真を見ながら、惜櫟荘番人は、

「やっぱり惜櫟荘は別嬪さんだわ」

と改めて想いを新たにした。

二川幸夫の初期作品展「日本の民家　一九五五年」を拝見して、私は打ちのめされた。一九五五年といえば、二川は二十二、三の若さだ。早稲田大学在学中にすでに日本各地に飛び、消えゆかんとする民家の撮影を始めたことになる。滅びゆく日本人の営み、民

家への哀惜を感じて行動した若き日の二川幸夫の気概、決断、視点の確かさがあった。五十八年が過ぎ、その業績は古びないどころか、われらの前から消えた日本人の原点を刻んで光彩を放っている。直感的に本質に迫った二川青年の感覚の確かさに驚かされる。

二十二歳の私はなにをなすべきか、その考えすら持ち合わせていなかった。右肩上がりの高度経済成長期の、破壊され消滅していく混沌とした東京にただ漠然と耽溺する学生生活であった。そして、東京オリンピック開催で二川幸夫が残したかった古き日本は消えた。

この展覧会のしおりに、

「一九五五年、日本には美しい民家があった」

との一行があった。

われらは戦後なにを失い、なにを得たのか。

二川幸夫の業績を見ながら経済重視に猛進するあまり失ったものの大きさを感じさせられた。

それにしても惜櫟荘は「運」のよい建物だと思う。二川幸夫の眼鏡に叶い、その最晩年に撮影されるという光栄に浴したのだ。これ以上の至福があろうか。

さてさて惜櫟荘番人は、二川幸夫の死により大きな宿題を改めて突き付けられたようで立ち竦んでいる。それはこの連載にもたびたび書いてきた、

「いかに後世に保存継承するか」の問題だ。二川幸夫が建築家に求めた「大胆に提案する勇気をもて」の直言が私の胸に今も去来している。

贅沢な午睡

二〇一三年の夏はいつにも増して暑かった。

惜櫟荘を修復して二年目の夏が過ぎた。一年前から網戸が腐食し始めた。最初、潮風のせいかと思った。惜櫟荘修復の部材は基本的に再利用しての修復を目指した。特に外観に関してはほぼ九割近く旧惜櫟荘の部材の再使用だった。だが、雨戸の寸法は同じながら完全に新しい部材で強度を増したものに替えた。網戸の金網は昔通りのアルミに替えた。だが、一年目から腐食が目立つようになり、一部を試しに潮風に強いステンレスに交換して様子を見ることにした。

昨年(二〇一三年)の夏、ささやかな贅沢を一家で為した。惜櫟荘で昼寝をしたのだ。むろん空調を使わず四方から吹き抜ける風だけを頼りにした。一睡千金とはまさにこのことか。なんとも気持ちのよい午睡だった。

ふと目を覚ましたとき、金網の腐食が進行し、黄褐色の脂《やに》のようなものが付着してい

るのが見えた。そこで惜櫟荘の修復をした水澤工務店に連絡をとった。建具屋の親方と一緒に惜櫟荘を訪れた工務店の担当者は、

「松脂が金網に悪戯しているのではないか」

と仮定の答えを出した。

だが、修復以後も手入れを頼んでいる岩城造園のNは、

「長いことこの仕事をしてきましたが初めての現象です。松脂のいたずらとはとても思えない」

と首を傾げた。

惜櫟荘の庭はこれまで何十年もほったらかしにされていて、小松がだんだんと中松に成長し、部屋からの海の景色を妨げていた。そこでNは小松の剪定を小まめにして、元の小松に戻そうと努力していた。無駄な幹と枝を払い、松葉を丁寧に剪定することで、かなり視界が広がり、海が見えるようになった。

松を手入れするとはこういうことかと「職人芸」に私は改めて感心した。そんなNは、丹念に剪定したことで松の樹液が金網に付着し錆化して金網を腐食させているという推量には、どうも得心がいかない様子なのだ。

九月末になって金網を新素材に替えた。だが、もし松脂が原因ならば新素材で対応できるのか、あるいは全く別の原因があるのか番人の悩みは尽きない。

惜櫟荘の改築を決めたとき、ある時期からデジカメや小型ビデオで改築の過程を録画し始めた。と同時に私は昔仲間に声をかけ、惜櫟荘の歴史と修復過程のドキュメンタリーが制作できないだろうかと相談した。旧知のプロデューサーの田口和博や撮影の夏海光造が快く応じてくれた。

夏海とは一九八〇年代初めに、インドはラジャスタン地方のマハラジャのドキュメンタリーを撮影して以来の友人だった。筆一本で食えない時期、私の履歴を知ったとある制作会社のH女史が「演出をしてみないか」とテレビ・ドキュメンタリー制作スタッフに誘ってくれた。フィルム時代からビデオへと映像革命が進んでいたが、否も応もない。食えない時代が続いていたから即座に受けた。三十分の番組を何本か演出し、インドの一時間番組に挑戦することになった。

マハラジャの暮らしぶりを取材するなどという企画を、一体だれが考えたのだろう。当時、テレビ業界もそれを支えるスポンサーも右肩上がりの景気に躍っていた。家電大手の一社提供の番組の制作費がどれほどあったのか。インド通の友人と二人でロケハンに十日余り、撮影本隊四人の撮影が四十日余りと、長期にわたった。

私たちはジャイプールの宮殿ホテルに滞在して取材を続けた。四人のスタッフそれぞれが別の部屋で、総大理石の広い部屋には噴水まであった。そしてサーバント付きだった。真面《まとも》な暮らしが立たない若造にサーバント。なんという贅沢な話か。これもバブルの恩恵だったのか。

その撮影が若き日の夏海光造だった。

なにしろ相手はマハラジャ様だ、朝からスタンバイしていても「殿の機嫌がよくない」とか「本日は別の予定が決まった」とか取材を拒まれることが頻々と起り、その都度撮影の予定はあとへあとへとずれ込んでいった。それにしてもインド滞在四十余日、よくも制作会社が許してくれたものだ。

暇になった日は、マハラジャの義母にあたるマハラニ・ガヤトリ・デビの暮らしに密着した。

五十代前半(実際は六十一歳だった)と思えたマハラニは、美貌の主で領民から敬愛されていた。どこどこ村に水争いが起っていると訴えがあればただちに出かけられた。するとマハラニ・ガヤトリ・デビがお出ましになった一事だけで、水争いは掻き消えて紛争は解決した。それほど威厳があった。一方に偏った提案はなさらなかったのだろう。

ある日、マハラニの領内巡察の帰り道で、イギリスからの独立直後にご主人のマハラジャが初代のスペイン大使を務めたことが話題になり、闘牛場で覚えた私のいい加減なスペイン語と夫人の優雅なスペイン語で二人の会話が成立することが分った。

マハラニがある日、「日本料理が食べてみたい」と仰せられ、われら四人は天麩羅を作ることになり、ことのついでにスペイン名物のパエリアも加えることになった。

素材はすべてボンベイ、現在のムンバイから空輸で取り寄せた、もちろんあちら様の払いだ。夏海が天麩羅を、私がパエリアを担当して、マハラニが食され、感激された。あの当時の日本のテレビ業界には、日印の友好(結果的にだが)を深める余裕があったのだ。夏海もカメラマンになりたて、私の方は行く末も定まらない時代だった。

以来、何十年か空白があって、私は偶然にもつけたテレビの画面に釘づけになった。小川の流れを背景に一人の少女が佇むなんでもない画面だった。だが、画面構成と色調がすっきりとして胸に刻み込まれた。番組は直ぐに終わり、エンドタイトルに夏海光造の名を発見した。改めて夏海の足跡を調べてみて驚いた。

私がスペインから帰国した直後に、夏海は多摩美術大学を卒業し、山本薩夫監督の『華麗なる一族』で撮影助手として映像表現者の道を歩き始めていた。

私も山本監督の長男、山本駿の助手として映像世界に入った人間だ。そして同監督の『ドレイ工場』の撮影助手(数日だが)を務めていた。なんということか。インドでは暇を持て余していたにも拘わらずそんな話をした覚えはない。

夏海は一九八〇年にフリーランスとして独立し、独創的な映像と色調で活躍を始めた。一方、スペインから帰国していたわが家にはテレビがない時期が十数年あった。ために夏海の成長と活躍を見逃していた。彼はギャラクシー賞を始め、数多の賞を得て、高く評価される撮影者に変身していた。

時代小説に転じて微かな光がわが身に注がれたとき、とある制作会社が私のドキュメンタリーを制作したいというので、私は撮影に夏海を指名した、それがドキュメンタリー受諾の条件だった。

ほぼ三十年余の空白の後、僕らの付き合いが再開された。

そんな夏海が一本のビデオを見てくれと渡した。NHKで放映された『絵金伝説　幕末土佐を生きた闇の絵師』だった。撮影監督はむろん夏海であった。

絵金は本名金蔵といい、幕末に高知城下の髪結いの家に生まれた。絵師としての才を認められ、狩野派の画風を学んだあと、江戸に連れていかれて、土佐藩のお抱え絵師になった。だが、妬みからか贋作事件に巻き込まれ、流浪の画家として生涯を終えた。

この流浪の折、生きるために描いた夏祭りの景物、芝居屏風絵が毎夏七月、高知県香南市赤岡町で家ごとに飾られる。このおどろおどろしい芝居屏風絵を描いた絵金の生涯を、夏海光造は彼独特の構図と色彩感覚で描写していた。

ドキュメンタリー『惜櫟荘ものがたり』の企画も撮影夏海、演出プロデューサー田口和博と馴染みのメンバーで始まった。だが、もはや一時間や二時間の番組に潤沢な撮影日数がかけられる時代は終わっていた。惜櫟荘修復が着々と進行していくのを余所に、スポンサーが決まらないために撮影隊を熱海まで派遣できなかった。そこで私が昔とった杵柄(?)で、修復の過程を家庭用ビデオで記録することにした。

惜櫟荘の修復は完成したが、スポンサーは最後まで見つからなかった。私は映像制作をいったん封印することにした。だが、起死回生の一打というものが世の中に残っていたらしい。

これまで夏海とスタッフが何度か撮った映像に加え、二時間のドキュメンタリー『惜櫟荘ものがたり〜岩波茂雄と吉田五十八』がBS朝日の放映と決まった。

修復過程は私の記録映像で間に合わせるしかない。出来は問わないことにして記録は三十数時間分あった。

修復が完成してほぼ二年後、再び熱海の石畳に夏海光造らが姿を見せて、クレーンを使っての大掛かりな撮影が行われた。

結局、二時間という長時間の画面を引き締めたのは、夏海独特の映像表現と色調と動きだ。絵金の芝居屏風絵の世界とは異なり、惜櫟荘は吉田五十八の江戸趣味の粋に彩られた現代数寄屋建築だ。

この静的なる建物を夏海はクレーン撮影を駆使することによって、力動的に、しかも流麗に撮影し、惜櫟荘に息吹を与えた。一段高いわが家の庭からクレーンの先に吊るされたカメラが屋根の上を舐めるように滑っていく。すると吉田五十八だけが脳裏に描い

ただ今ならドローン撮影かな

たであろう瓦屋根の複雑なラインが躍る様に描写され、これまで知られざる、「五十八の美意識」を余すことなく伝えてくれた。

惜櫟荘番人の私さえ意識しなかった視点だった。『絵金』の世界とはまるで対照的な美的感覚が瓦の連なりに見られた。

『惜櫟荘ものがたり』は二〇一三年五月二十六日に放映されたが、再放送、再々放送も予定されているとか。夏海光造の独創表現をご覧になりたい方はBS朝日のテレビ欄をお見逃しなく。

ジャイプールの宮殿ホテルの四十日滞在も贅沢なら、惜櫟荘の午睡も充分に贅沢だった。

東京オリンピック一九六四(上)

平成二十五(二〇一三)年十月十六日未明、東海地方を台風二十六号が襲い、伊豆大島を始め、日本各地に多大な被害を、多数の犠牲者をもたらした。

午前二時過ぎ、眼を覚ますと寝間の窓から惜櫟荘の大松が激しく揺れ、いつもの台風の吹き方、真鶴半島から惜櫟荘に襲い来る風向きではなく、山から相模灘に吹き下ろす北北東ないし北東の烈風に雨が混じって横殴りに大松を揺すっていた。

数年前のことだ。伊東市宇佐美に甚大な被害をもたらした台風が熱海も直撃した。わが家の東にあたる真鶴半島の三ツ石から惜櫟荘に向かって激しく吹きつける風雨が、母家の窓に襲いかかってきた。台風がわが家を襲うときの典型的なコースであり、寝室兼書斎の東側には上方へ押し開く、四十五センチ四方の押し上げ窓が四つあるだけだ。その窓枠の下から雨が入り込んで、ついには噴水のように噴き上げ始めた。

私はパソコンの載った机とベッドを窓から離し、窓枠の下にタオルを突っ込み、侵入

台風で破壊された屋根の修復

する水と独り格闘した。台風との戦いは二時間から三時間続いたか。

だが、今回の台風は進路が違った。伊豆山から相模灘へと吹き下ろす烈風で、惜櫟荘の大松を大きく揺さぶり続けた。私は大松が倒れるのではないかと本気で案じた。敷地の庭園灯の明かりに横殴りの大粒の雨が白く輝いて見えた。

私はなす術もなく台風が通り過ぎるのを窓に顔をつけて見ていた。なんとも不思議な時間だった。夢を見ているようだった。時の流れを白く輝く雨が見せてくれているような感じで、雨に乗って未来か、過去へと旅しているように思えた。古希を過ぎた老人(と意識はしていないが)の時への旅は過去に決まっている。なぜか人生でなんとも情けない体験を思い出した。

一九六四年の東京オリンピック、五十キロ競歩を取材するオープンカーでの体験だ。

そのとき、私は日本大学芸術学部映画学科に在籍中で、敗戦後十九年過ぎて催された戦後復興のシンボル、東京オリンピックの公式記録映画市川崑総監督のスタッフの一員だった。国家的大行事に映画学科の三、四年生が動員されたのだ。むろん学生が「スタッフの一員」と言い切ってよいかどうか、私に限っては下働きすら役立ったかどうか。二〇二〇年に二度目となる東京オリンピックの開催が決まった今、下働きだった一学生の体験を記しておくのも「夢の功徳」であろうか。

オリンピック記録映画委員会の公式記録によれば、スタッフ数はOOC副会長兼JOC委員長竹田恒徳以下二百六十五名、当然ながらわれら学生は正式スタッフに加わっていない。ただし市川崑監督以下の記録映画の総制作スタッフは五百五十六人、こちらには学生たちも一員に加えられていると思われる、としか言いようがない。

オリンピック開催国が公式記録映画を制作する、その嚆矢は一九三六年にベルリンで開催されたオリンピック・ゲームを記録したレニ・リーフェンシュタール監督の『民族の祭典』だ。時代はヒトラー政権下、プロパガンダの色彩を持つのは致し方あるまいが、この女性監督の演出した記録映画は、

「最初にして最高傑作」

との評価が今もある。このベルリンで次の一九四〇年のオリンピックは東京開催が決まったが、日中戦争の拡大から日本は開催権返上を余儀なくされた。それは、幻のオリンピックと終った東京オリンピックが改めて二十四年後に催された。

「平和と復興」

を国内外に知らしめる国家的行事だった。その記録映画の制作のために赤坂離宮(現在の迎賓館)が制作本部に決まり、市川崑総監督の下に多彩な才能が集められた。もちろん、私には『東京オリンピック』記録映画制作を俯瞰して書く資格も体験も有してはいない。しかし一映画学徒が偶然にもこの記録映画の現場に召集され、意識するしないに拘わらず映像革命の一端を担ったことは確かだ。その観点から思い出すことを記しておこう。

当時、映像撮影の感光材料はフィルムだった。その使用用途は、劇映画とニュース報道の二つの現場に大別されていた。劇映画の主力カメラはアメリカ製ミッチェルという撮影機で、七つか八つほどの箱に分けられたパーツを組み立てるとなんとも重々しい撮影機が組み立て上がった。むろん当時のアメリカにはすでに最新の映画撮影機があったはずだが、敗戦国日本では戦前製造(?)と思えるミッチェルを使用していた。

一方、ニュース報道は携帯に便利な、百フィートの十六ミリフィルムを装着するベル

&ハウエル社製フィルモや三十五ミリ版のアイモが最も普及していた。フィルムを送るねじまき式でわずかな時間しか撮影できなかった。撮影機も感光材料も映像制作のアナログ時代であったと評してよかろう。

その当時、色彩フィルムの撮影技術に一番卓越していたのは劇映画を制作する五社所属のカメラマンだった。経緯は知らないが五社所属カメラマンの全面協力は得られなかった。噂では市川崑総監督の制作指揮する記録映画が五社協定に違反するとかしないとか、そんな理由であったそうな。そこでフィルム&ねじまき式撮影機で取材していたニュース・カメラマンが集められ、最新のアリフレックス・カメラやこのカメラに装着するズーム・レンズや望遠レンズを見せられ、撮影機材の輸入会社ナックのスタッフの説明を受けて、いきなりオリンピック競技の会場へと派遣させられた。ちなみに技術監督は碧川道夫であった。

ただ、今のように取材した映像を撮影現場で確かめられる時代ではない。永年の勘と経験を頼りにレンズの絞りを決め、動き回る被写体に合わせてピント送りをし、一発勝負で撮影を続行したのだ。

この東京オリンピックのために用意された最新の撮影機材のカメラは、次のとおりだ。

アリフレックス35　四十二台
アイモ　二十七台

ミッチェル　　　　　　　六台(うち高速度カメラ兼用機二台)
エクレール35　　　　　　三台(高速度カメラ)
カメフレックス35　　　　五台

総計八十三台ものカメラは大半が輸入されたもので、当時の映画関係者でも初めて見る機材であり、台数であった。

また、アリフレックス用レンズだけでも、「40㎜、50㎜、75㎜、85㎜、100㎜、135㎜、200㎜、200㎜ズーム、210㎜、300㎜、400㎜、400㎜ズーム、420㎜、500㎜ズーム、600㎜、800㎜、1000㎜、1200㎜、1600㎜、2000㎜」と二十種類で、総数はアリフレックスだけで九十二本、他のカメラのレンズを加えると、どれほどの数になるのか、厖大としか言いようがない。

『東京オリンピック』公式記録映画を見た方はお分かりと思うが、市川崑総監督らが要求した映像は選手たちの大写しの画面だった。クローズアップの表情に選手の人間性と試合の緊張を見せようとしたのだ。あの当時、クローズアップが主体の記録映画をだれが予想しただろう。撮影機器を使い慣れない現場のスタッフは、演技する選手と同じ緊張と集中を強いられたはずだ。結果は現像後にしか分からない。

数日後、制作本部の試写室でごく少数での試写《ラッシュ》を待たねば出来の良し悪しは確かめられなかった。このラッシュには市川崑総監督を補佐した谷口千吉氏らが出席して、意図した映像でないものや技術未熟のものは罵倒される宿命にあった。そうでなくともオリンピックという大舞台の一発勝負に撮影者は緊張を強いられていた、だが、前述したように最新機材を使いこなす時間的な余裕などどこにもなかった。罵倒を甘んじて受け入れ、「いい画面《え》」を新たに撮影してくるしか見返す術はない。

重要と思える場面は、溝口健二、黒沢明監督らの作品の撮影を務めた宮川一夫や林田重男、長野重一、中村謹司氏らが受け持った。だが、競技会場は各地に散らばり、競技は多彩だった。大半の映像は、初めて最新の映像機器に触れたニュース・カメラマンが撮影したものだった。

技術スタッフの下っ端であるわれら学生の役目は主にフィルム・チェンジだった。私は陸上競技とサッカーの撮影者に配属された。私がついた北海道のテレビ会社から派遣された撮影者二人とは撮影開始前に初めて出会った。

ともあれ最新機材のアリフレックス35とマガジンが予備を含めて二つ渡され、撮影が終わるたびにマガジンを交換することになる。四百フィートマガジンの撮影時間は四分弱と記憶する。ために撮影者はワンカットを大事に撮影した。それでもスポーツ競技で四分はわずかだ。

フィルム交換作業は、四百フィート未露光フィルムと撮影済みのマガジンをダークバッグに詰め、手探りで未撮影のフィルムを缶から出し、狭いダークバッグの端に置き、マガジンから撮影済みのフィルムを出して空になった缶に入れて周囲をテープで巻き、遮光する。マガジンの左に未露光のフィルムを装着し、右側にフィルムの端を巻き付ける。カメラに装着したとき、必要なループ(余分の巻きとり)をとることも忘れてはならない。これでマガジンの蓋を閉じればフィルム・チェンジは完了する。器用な学生には簡単な作業だったかもしれないが、不器用な私には至難の作業だった。これを時間に追われる競技の現場で行なうのだ。

五十キロ競歩開催の当日、十月というのに冷たい雨が降っていた。

私たち三人の取材チームはクライスラーだかダッジだか、古々しいオープンカーに乗り込み、走者のあとになり先になりの移動撮影を命じられた。いくらアメリカ製の車が大きいとはいえ、座席を外した後部席に三人が乗り込むと窮屈極まりない。

私は国立競技場をスタートした選手団がゲートを潜って出てきた光景を覚えていない。いや、取材した競技のすべてを覚えていない。ただ、狭い車内でフィルム・チェンジを命じられたらどうしよう、と怯えながらも何度か練習した手順を思い出していた。

五十キロ競歩のコースはマラソンコースと同じく甲州街道折り返しだ。競歩のほうが八キロ弱長いためにマラソンの調布折り返しではなく府中折り返しコースだった。

マラソンの折り返し地点付近でフィルム・チェンジが命じられた。私はダークバッグに撮影が終ったマガジンと未露光のフィルム缶を入れ、ファスナーをしっかりと止めると両腕を袖に突っ込み、手探りの作業を始めた。その間にも競技は途切れることはなく、選手は淡々と歩き、カメラマンとチーフ助手は撮影に専念し、運転手はカメラマンの指示に従って、競技者の前やうしろに車を移動させた。

細かい雨が間断なく降っていた。

私はマガジンの蓋を開けようとしたが途中で動かなくなった。蓋を閉めるも開けるも動かなくなった。「どうした」とチーフ助手が私に尋ねた。しどろもどろに事態を説明した。二人から罵倒の言葉も白々しい眼差しも返ってこなかった。年配のカメラマンが、「車を止めてフィルム・チェンジを完了させよう」と命じた。とある材木屋の前に車をつけ、私とチーフ助手がおりて材木屋の店内に入らせてもらい、雨を避けての作業を努力したがだめだった。競技は進行していた。「仕方ない、競技場の暗室までそのかっこうでいろ」とカメラマンが私に命じた。再び車に乗った。両腕を抜けば撮影したフィルムに光が入る。カメラマンと助手は残ったフィルムの残り尺数を気にしながら撮影を再開した。

競技は進行し、雨が私の顔を濡らしたが拭くことも出来ず、ただ屈辱の時間が過ぎるのを車の中で耐えていた。

東京オリンピック　一九六四(下)

序。

この映画は純然たる記録であつて、しかも単なる記録に止めてはならない。

昨今人々は現実に対して中毒症状を呈している。「事実は小説より奇なり」という言葉を、全く無邪気に受け入れ信じ、ほんとうでないと、或はほんとうらしくないと鼻もひつかけない精神状態である。

ほんとうにほんとうでないと面白くないという精神状態は、本当は異常なのだ。精神が衰弱している状態だ。

現在の我々に欠けているものは、つくりものを尊ぶ気風である。我々一人々々の心の奥にデンとあぐらをかいている「尊いのはほんもので、つくつたものはまやかしだ」という信仰をこつぱみじんに砕かねばならない。

なぜなら、オリンピックは、人類の持つている夢のあらわれなのだから。

その時々のきびしい、或はみにくい現実がなんらかの形で反映したではあろうが、ともかくも四年毎に多くの費用と人力を傾注してオリンピックが続けてこられたこと、今後もまた続けられるであろうことは、人類が人間として全く平等であろうとする信念が底流に太々しく力強く脈打つているからこそなのだろう。そういえばオリンピックなどと事々しくいうものゝ、世界中から寄り集まつた尨大な家族の大運動会のようにも見えるではないか。……

衰弱している我々の精神に豊富なエサをやろう。イマジネーションを育て、夢を現実に、嘘を真実に、ほんものをフイクシヨンに創りかえよう。

人間の肉体を写して、人間の肉体だけしか感じさせない画面では写した甲斐もない。……

正確に、生々しく、ほんものをカメラが捉えるのは、そのほんものを通して、一層新鮮なイメージを、人間この不思議な生物に対する新らたな発見、驚き、そして観る人個々の脳裡に新らしい人間のドラマを展開させたいからに他ならない。……

長々と引用したのは、私が保存していた『記録映画 東京オリンピック』のシナリオの序の部分である。あの記録映画がクローズアップを多用して肉体の筋肉の動きや感情の表出を捉え続けた、かの「覚悟」がこのメッセージにあると、今読み返して思ったからだ。

この序から、人類の誕生を想わせる太陽の輝き、あまりにも有名な、鉄球が古い東京のビルの壁を破壊するシーンへと続いていくのだ。

脚本は、和田夏十、白坂依志夫、谷川俊太郎、市川崑の諸氏だ。

市川崑総監督らが信じたスポーツを通じての人間讃歌は、この東京オリンピックのあと、プロ選手の参加拡大でアマチュアリズムがずたずたに破壊され、商業主義の優先化によって急速に薄れていく。さらにはテロリズム、ドーピング汚染が「厖大な家族の大

シナリオの表紙

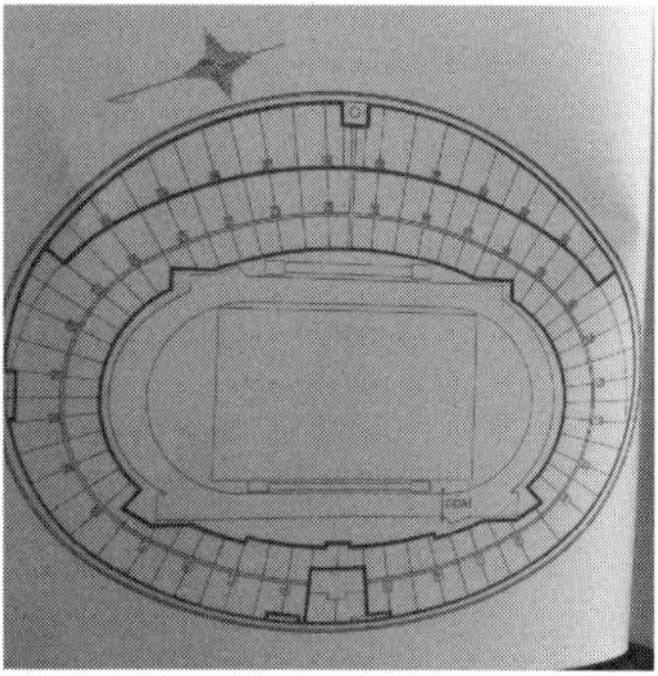

競技場設計図

運動会」を異なったものへと変質させてしまう。だが、一九六四年の時点では、私たちは人類を、スポーツを、オリンピックの未来を、夢の如く牧歌的にも信じていたのだ。

このためにオリンピック開催前から大会期間中に撮影されたフィルムは、三二万二九三三フィート(九万七八五八m)に及んだ。この膨大な撮影フィルムを三万フィートまでに縮めるのに編集スタッフは二カ月を要している。仕上がり予定尺は、一万六千フィートであった。

脚本二六にはこうある。

男子棒高跳。

(カメラはあくまで仰角。ポールの物理的な力を活用して跳躍、落下して来る選手を捉える)

ドキュメンタリーの脚本である以上、予想もかけない出来事が起るのは常のことだ。だから面白い。

この男子棒高跳を私は、国立競技場メインスタンドの中段通路で取材(?)した。私の役目は相変わらずのフィルム・チェンジだ。わがカメラマン氏は、仰角にセッティングされたメイン・カメラ位置ではなく、脚本には特記されていないが、競技を俯瞰する場所からの撮影を命じられていたことになる。

脚本ではわずか二行。メイン・スタッフもさほどこの競技に期待をかけていたわけではなかったのだろう。だが、オリンピック史上、競技の枠を超えて今も語り継がれる名勝負になったのだから、スポーツばかりは、やってみないと分からない。

棒高跳の予選は午後一時過ぎから始まったと記憶する。最初の四時間ほどは淡々と進行していたように思う。だが、勝ち残った二人の競技者の戦いが様相を一変させた。アメリカのフレッド・ハンセンと東西ドイツの統一チーム、ヴォルフガング・ラインハルトの二選手が勝ち上がっていた。

この棒高跳という競技はアメリカのお家芸で、第一回大会のアテネ開催以来の十五連覇がかかっていた。だが、二人のマッチレースになって一進一退、どうしてもどちらも抜け切れない。二人の戦いになって三、四時間が過ぎようとしていた。

むろん他の競技は終了し、棒高跳だけが催されていた。十月の半ば、気温は十九度、無風であった。競技場のスタンドからは観客が帰り始め、向こう正面のスタンドはまばらになっていた。

そのとき、アナウンスが入った。残っている観客は棒高跳の行われているフィールド近くに移動してきてよいとの日本語のアナウンスだったと思う。まず日本人の観客がスタンドの仕切りを乗り越えてメインスタンドへと移動し始め、外国人もそれに倣った。オリンピック史上、かつてスタンドの観客をただ一つ催されている競技近くのスタンドに移動させるなんて融通無碍の機転を利かした大会があったろうか。現在では、テロ対策などもあり、決してありえないことだろう。暗く沈んだ競技場の一カ所にライトが集まり、二人の競技者も闘志を蘇らせた。

すでに神宮の杜一帯は眠りに就いていた。競技場の大半も森閑とした静寂に落ちていた。だが、棒高跳のフィールドだけが熱気を帯びて異様な興奮状態を呈していた。

私はフィルム・チェンジの合間にトイレに行くとカメラマンに断り、スタンド裏の公衆電話に走り、ガールフレンドの家に電話をかけた。彼女の家にはテレビがあったし、NHKが中継放送していたはずだった。だが、彼女はオリンピック放送を見ている風もなく、興奮する口調で二人の熱闘を訴え続ける私を訝しく思っているようだった。肩すかしを食ったような気持ちで、私はカメラの傍に戻った。

アメリカのハンセン選手が追い詰められていた。

五メートル十。最後の試技を迎えていた。ハンセンもラインハルトも二度この高さに挑み、失敗を繰り返していた。成功すればオリンピック新記録でもあった。

だが、もはや最後の最後、ハンセンがバーを越えなければこれまでの経過からラインハルトの金メダルの獲得が決まる。それはアメリカがアテネ大会以来の連勝の名誉を失うことを意味した。

選手以上に高揚していたアメリカの、そしてドイツの応援団たちが静まった。日本人観客も固唾を飲んだ。私は、もはや必要のないフィルム・チェンジ用のダークバッグを握りしめていた。カメラマンの指示でカメラを作動させ、ハンセン選手が大きな息を吐くと走路へと踏み出した。

競技場にざくざくというハンセンのリズミカルな足音だけが響き、掲げたポールの先が下げられて地面を突き、体が虚空に飛び上がり、しなりを利してバーに向って果敢に飛翔した。越えた。五メートル十のバーをハンセンの体が越えて、二人だけの五時間半に及ぶ激闘は終った。果てた。いや、こんどはラインハルトが反対に追い詰められ、最後の試技を行った。失敗。戦いは終った。

東京オリンピック体験の中で私に強烈な印象を与えた戦いであった。

さて一九六四年の『東京オリンピック』の制作で使用された映画機材に私はもう一度世話になることになる。大学は卒業したが映画界はすでに不況、テレビ会社や電通映画社の入社試験には受からず、結局フリーターになり、先輩たちから「一日仕事だが手伝わないか」との声がかかるのを待つ日々が続いた。

そんな中、渋谷に映画機材のレンタル屋があると聞きつけ、訪ねてみると、なんと機材の大半は『東京オリンピック』のために輸入された機材類ではないか。どのような経緯でそうなったのか分からないが、ＣＭ撮影などに貸し出される新商売の映像機材レンタル屋に流れていたのだ。

そんなレンタル屋で機材の手入れの手伝いをしながら使い方を覚えていると、機材を借りにきたＣＭ制作会社のスタッフが機材と一緒に私のようなフリーターを撮影助手として雇ってくれた。私はこの臨時仕事でスペインに移住するまで仕事を続け、お金を貯めた。というのもＣＭ撮影は二日三日の短い制作日数だったが、当時新米の撮影助手でも七、八千円の「日給」(六〇年代半ば、新入社員の月給が二万円代であったのではないか)と高く、仕事も次々に入ってくるようになった。また一日中スタジオで撮影暮らしでは仕出し弁当もあって食費もかからず、お金を使う暇などなかった。そんな暮らしを数年続けた。

一方で日本人の外国旅行が自由化され、外貨の持ち出しも千ドルと枠が広がった。そんなわけで私の人生を変えたスペイン行になり、闘牛の取材につながっていった。

私は『東京オリンピック』に使用された輸入撮影機材に二度「世話」になったことになり、転職を繰り返したのち、茫々三十数年後、文庫書下ろし時代小説に転じて、日の目を見ることになった。

とまれ、本題に戻ろう。

つい先日のことだ。フランスのルノー・ラビレニがウクライナのセルゲイ・ブブカが持っていた世界記録（室内）を二十一年ぶりに破ったというニュースが新聞に掲載されていた。新記録は六メートル十六だ。およそ半世紀を経て、棒高跳の記録は一メートル六、進化したことになる。だが、感動の深さは数字ではない。競技者がどれほど肉体に蓄えた力と技術を発揮させ、戦い切ったか。そして、戦った相手を敬ったか。それに尽きるような気がする。

さて、惜櫟荘の松を揺らし続けた台風二十六号は、夢が消えるように去っていった。私は朝いちばんで惜櫟荘を見回り、愕然とした。私の腕ほどの太さの松の枝が屋根を直撃して屋根瓦を何枚も壊していた。庭じゅうに折れた枝が重なり合って落ちていて、なんとも凄まじい惨状だった。私は早朝にも拘らず水澤工務店の担当に携帯電話で状況を説明し、急ぎ屋根の修理をしてほしいと願った。

うちだけがかような惨状を呈したわけではあるまい。だが、早く連絡をしたためか、壊れた屋根瓦は、保存しておいた瓦を用いて、数日後には修理がなった。それでも、松の枝の片づけは十日余りかかり、小型のバンに積み込んで何往復もごみ焼却場に運ぶ羽目になった。

台風の功徳があるとするならば、未来を信じていた時代の日本社会を私に思い出させ、久しぶりに『東京オリンピック』をＤＶＤで見直したことか。画面に登場する日本人の顔には貧しさをはねのける、明るさと精気と向上心が漲っていた。

最後に蛇足を一つ。競技場から電話をかけた相手はわが女房です。

スリランカ旅行（上）

二〇一四年度の日本建築学会文化賞を日本建築学会からいただくことになった。表彰理由は「惜櫟荘の修復保存と『惜櫟荘だより』の刊行による建築文化への貢献」だという。私は賞には無縁の読み物作家だが、惜櫟荘が再評価されたと考え、素直な気持ちで頂戴した。

当日、光栄に思ったのは鈴木博之著『庭師小川治兵衛とその時代』（東京大学出版会）が著作部門受賞作にあったことだ。この著作にはいつか連載で触れたいと考えていた。惜櫟荘の作庭は小川治兵衛の弟子筋にあたる手になるからだ。山縣有朋の無鄰菴はじめ南禅寺界隈の別荘の作庭と惜櫟荘の庭がつながりをもつかどうか。ともあれスリランカの旅に出よう。

コロンボのバンダーラナーヤ国際空港に無事到着。昼前の十一時十五分だった。一年半ぶりの旅だ。

スリランカ第一の都市コロンボは首都ではないらしい。一九八五年にコロンボの東十キロの地、スリジャヤワルダナプラコッテに首都が移転したそうだが、今も地方からの人口流入が止まらないコロンボが実質的な首都機能を果たしている。こんな知識は機中ガイドブックで得た。

空港ビルを出ると、想像したほどではないが、じっとりとした湿気と暑さが身を包んだ。長袖姿の己がなんとも恨めしい。四月はスリランカが年間を通じていちばん暑いインターモンスーン期だ。

暑さにぼうっとしていると、わが一家の名前を連ねた紙が目に入った。予約していた車だ。父親と息子の二人組であった。息子は十歳くらいか、恥ずかしいのか、私たちの挨拶にも小声で答え、伏し目がちである。

日本車のミニバンに案内され冷房があるのを確かめ、一家三人ともかく座席にそれぞれ落ち着いた。助手席はお弁当持参の倅の席らしい。最前から倅の学校が気になり、娘が尋ねると、四月の十三・十四日は、アルットゥ・アウルッダーと呼ばれる、古い時が終わり新しい時に変わる時期で休みに入っているそうな。年の変わり目は占星術で決まるとか。

「新年ならば一年いちばんの祭礼だな」

と私は張り切った。今回のスリランカ旅行の訪問地は三つ、キャンディ、ヌワラエリヤ、そしてゴールと、南部スリランカだ。

私流の旅は、市場・雑踏・路地巡り、朝日に落日見物だが、今回はそこに茶畑が加わった。スペインで闘牛を追っかけ取材していたころの決まり事がある。どこの町を思い出しても「闘牛場、市場、キャンプ場」の記憶しかない。私の一九七〇年代前半のスペイン観はすべてこの三つの場所の経験と見聞で成立している。観光地を訪ねた記憶も、ちゃんとしたホテルに泊まったこともない。常にキャンプ場か川端にテントを張り、市場で買い物をし、未だ角先を削られていない俊敏な「ほんものの牛《トロ・ブラボー》」がいた時代の闘牛に熱狂し、夜はロマたちと同じキャンプ地でテントに暮らす日常だった。きわめて限定的だが、格別に当時のスペイン観が間違っていたとも思えない。

最初の目的地キャンディは空港からほぼ東に一八二キロだ。コロンボと第二の古都キャンディとの間は地図で見るとそれなりの道路が走っている。となると、三時間の行程と見た。バナナ畑(あるいはバナナ林か)が続くなか、ともかくどこまでも民家が点在する一車線の道を走り出した。車はそれなりのスピードが出ている。地図と首っ引きでもどこをどう走っているのか分からない。娘が通過する町の名を尋ねるとドライバーの答えが出る前に次の町に差し掛かっていて、もはや行程を追うのは諦めた。

二時間も走ったか、ドライバー氏に少し休息したいと願った。車は快適だが道路状態がいかにも悪い。そんなわけで岩山と貯水池がある町のドライブインで停止した。地図を調べて驚いた。クルネーガラとある。私たちの予測とは全く違うルートだった。

コロンボの北東百キロに位置するクルネーガラは、主要幹線道路が交差する交通の要衝で、また一時シンハラ王国の首都だったとか。どうやらこの店に客を案内してきたドライバー氏には食事の権利があるらしく、客とは別部屋だが父子で楽しげに食事を始めた。あの弁当、どうなるのだろう?

休息の間にも娘がなんどか倅に声をかけたが恥ずかしそうに俯くだけだ。それがまた好ましくも懐かしい。私の世代は外人(進駐軍と呼ばれる米兵だったが)に話しかけられると目をそらし、もじもじしていたものだ。スリランカの子どもはそんな私の子ども時代を思い出せた。

ふたたびドライブ。もう地図を確かめることは諦め、ドライバー氏に任せた。「あと半分あと半分」と言い聞かせながらいくと小さな峠で渋滞にはまった。トゥクトゥクと呼ばれる三輪タクシーとトラックの事故だった。往来する車はほとんどが日本製中古車、それも伊達乾物店とかひまわり幼稚園とか、日本で使っていたままの店名と塗装のままに使われている。

夕暮れ前にキャンディ郊外に到着し、驚いた。新車から中古車まで、セダンから重機まで日本車の販売店が延々と沿道に看板を連ねている。スリランカの交通事情を日本車、しかも日本の中古車の普及が変えた、そしてさらに変えつつある。それは確かのようだ。

家族旅行ではホテルに関して私の好みが優先される。クラシカルな建物で水辺近く、その地を代表するホテルを選ぶ。となると、キャンディにはすぐに名があがるホテルがある。そのホテルを予約しようとしたとき、娘がインターネットの投稿サイトに、ダニが出るとの噂が流れてホテルも対応に苦慮しているという情報があると告げた。「ダニね」と一家で迷った末に諦め、そのホテルとは対岸のホテルに代えた。

ホテル・スイスに到着したのが夕暮れの刻限。「ドライバー父子はどうするんだ」と娘に問うと、「コロンボに帰るのよ」と至極当然の口調で告げた。あの山道を夜走って戻るのか。母親が作ってくれた弁当は昼用ではなく夜用だったか。ほとんど口を利かなかった少年に娘が「学校のノート代にして」となにがしか渡した。そのときの少年の恥じらいと笑みは、言葉や態度で示されるより彼の気持ちを雄弁に物語っていた。

部屋に入るやいなやホテルを出て、トゥクトゥクに乗り、町の中心部に向かった。新年を迎えるせいか、通りは買い物客で混雑していた。この年の変わり目にコロンボなど大都会からキャンディに帰郷している人も加わってなんとも賑やかだ。

私たちはメインストリートのダラダ・ウィーディヤを眺め下ろすカフェの二階テラス

に陣取り、「師走」の光景を漫然と眺めて時を過ごした。

地ビールの酔いと飛行機と車の疲れが相まって陶然とした気分に浸る。これでスリランカ・タイムに心身が移行した。そうだ、スペインの滞在でもう一つ加えるべきは酒場《バール》であろう。私の場合これがないと異文化に素直に入っていけない。

翌朝、市場に行った。スリランカの魅力の一つは果物の豊かさ、多彩さだろう。特にバナナは、小さくて酸味のあるものから甘く熟したものまで大小様々でバナナだけで成り立つ店もある。これらの多種のバナナが水菓子から野菜、時には主食の役目をはたしているようだ。さらにはライム、グレープフルーツなど多彩な柑橘類、マンゴー、パパイヤ、パイナップル、ジャングルフルーツ、ココナッツ、ドリアン、スイカと数え上げたらきりがない。

朝の間とはいいながら市場は活気と香辛料の香りに充ちていた。新年を迎える火が店の前にも灯されて、お菓子を買い求める長い行列ができていた。旧年から新年に変わる「年の瀬」を嫌でも意識させられる。

キャンディ湖畔の町をさらりと見物し、最大の観光地の仏歯寺を横目に通り過ぎようとした。そのとき、蓮の花か、白、紫、紅色と花びらだけを一盛りに載せた供花が目につき、旅人の気持ちを爽やかにも和ませてくれた。次々に花屋を眺めてなんとなく歩い

キャンディの英国人墓地

ているうちに墓地に辿り着いた。町の雑踏とは異なり、静寂に満ちていた。案内人が出てきてパンフレットをくれ、説明してくれた。

一八一五年、二千年続いたシンハラ王朝を倒したイギリスがこのキャンディの町をイギリス風に造営する工事の最中、使役用の象に誤って踏まれて亡くなったり、疫病にかかって命を落としたりしたイギリス人の墓だという。見ていくと二十代前半で命を落とした人が多い。彼らは、この地になにを求めてやってきたのか。日本にいるときは墓参りなど滅多にいかないくせに、紛れ込んだイギリス人の墓所で手を合わせ、冥福を祈った。

静寂の墓地から大晦日のキャンディの現実に戻った私たちの目に一台の車が映じた。ノリタケと英字で書かれた運搬車は、中古車ではない。キャンディからさほど遠くないマータレーに高級食器ノリタケの工場があるそうだ。

私はノリタケカンパニーリミテドの種村均会長と対談をさせていただいたことがある。その時はスリランカに食器を造るノリタケの工場があるなんて想像もしなかった。

帰国後、そのことをお伝えすると種村氏から直ぐに返書があった。ノリタケとスリランカとは四十年以上もの親交の歴史があるとか。

ノリタケがスリランカを製造拠点に選んだ理由は、軽く二・〇を超えるというスリランカ人の視力のよさであり、「情緒が安定し忍耐力があり、手先が器用なために食器の生産」に適性があったからだという。今ではスリランカがノリタケ食器の主力生産工場とか。スリランカ人の特性を発見した企業人の洞察力と慧眼に驚かされた。

スリランカ旅行(下)

キャンディの南西のはずれ、スリランカ最古のペーラーデニヤ大学と植物園を持つ町ペーラーデニヤから、ナヌ・オヤ行の豪華列車《エキスポ・レイル》が出るというのでタクシーで移動した。駅舎は鄙びた建物で一時間以上も前に到着して待った。ペーラーデニヤ発午後十二時三十一分、ナヌ・オヤ着十五時五十五分、三時間二十四分の所要時間だ。道路地図で調べるとキャンディ、ヌワラエリヤ間が七十九キロ。いささかのんびりして時間が掛かりすぎる。だが、今回の旅の目的、茶畑を見るには欠かせぬというので予約した。駅で待つこと二時間余、一時間九分遅れの十三時四十分にわがエキスポ・レイルは到着した。普通列車の中央に主に外国人観光客向けの一車両だけが挟み込まれてあるだけのものだ。標高三〇〇メートル余から一八〇〇メートルまで一気(?)に駆け上がる。

当然単線だ。途中駅のガンポラから茶畑が見えてきた。山の頂まで茶の緑に包まれ、荘園の中に使用人が暮らす家が点在して、縦に横に大きく揺れる豪華列車に子どもたちが手を振り、犬まで尻尾を振って歓迎してくれた。壮大とか広大とかの表現では描写できない延々と続く茶畑だった。豪華列車はナヌ・オヤ駅に十七時四十分に到着、七十九キロに四時間、時速二十キロ余の茶畑見物堪能列車であった。ナヌ・オヤ駅に下りて魂《たま》消《げ》た。これだけの人々が乗っていたのかというほど多くの新年の帰郷者らが列車から下りて、迎えの車で町を目指す。町は駅から車で十五分ほどか、段々と大晦日の日が暮れてきて、家々の灯りが力を帯びてくると、旅人が、いや、私だけかもしれないが、いちばん物悲しくなる刻限だ。

イギリス植民地時代に避暑地として開発された高原の町ヌワラエリヤは、競馬場、ゴルフ場、コロニアル風の建物があり、植民地時代の名残を留めていた。

ホテルに到着してみると、新年をホテルで迎える客でごった返し、ロビーに放置されたまま時間だけが過ぎていく。隣では三世代の家族がなにやらホテルと交渉事をしている。交渉係は一家の娘らしく、その亭主どのは女房どのの活躍をカメラに収めている。祖母はソファーにゆったりと構えて微笑を浮かべていた。「さすがに微笑みの国の人ね」と娘。十六、七歳の孫と思しき男子が祖母の様子を気にかけている。ようやく私たちの手続きが終わったが、三部屋ともに裏側でホテルのバックヤードしか望めなかった。「大晦日だもの、仕方ないわよね」と娘。ともかく私はシャワーを浴びてレストランで一杯聞こし召し、大晦日を祝いたかった。だが、レストランに行き、年の瀬から年初めは酒を供することができないと知らされ、愕然とした。そんな馬鹿な……。

スリランカの年末年始は悲哀の二文字、酒なしデーでございました。

新年初日の夕刻、ホテル内のタイ・レストランで昨夕ロビーであった一家と再会(?)した。コロンボにあるタイ大使館勤務の娘一家はこのタイ・レストランの開店祝いに主賓として招かれていたらしい。

丸テーブルを二つ三つ挟んでお互い意識しながら食事になったとき、その一家のテーブルから誕生を祝う遠慮気味の歌声が聞こえてきた。一家のだれかが誕生日のようだ。早速私たち一家も「ハッピー・バースデー・トゥー・ユー」と和した。そのために夕イ・レストランの客たちがその一家を祝すことになった。しばらくして私たちのテーブルの傍らに人影が立った。孫が皿に誕生ケーキを切り分けたものを持って立っていた。驚く私たちに、

「今日は私の十六歳の誕生日です。ごいっしょに誕生ケーキを召しあがって頂けませんか」

となんとも見事な日本語でいうとケーキを差し出した。異郷の地で十六歳の少年から誕生ケーキを頂戴し、さらに日本人が忘れ去った雅な和語で挨拶をされた。日本語を話す事情を尋ねると、幼い頃、母親の東京勤務に従い、品川で暮らしたという。

ヌワラエリヤの酒なしデーの哀しみはこのケーキと少年の厚意で帳消しになった。

高地のヌワラエリヤから三番目の目的地インド洋南端の古都ゴールまで二九〇キロ、海抜差一八〇〇メートル余。山道ゆえ半日のドライブは覚悟した。朝九時、ゴールのホテルから迎えの車がきてくれて、われら一家を運んでくれる。年明けなのにドライバー氏にはいささか迷惑な話であろう。だが、そのせいか山道を飛ばしに飛ばした。途中、トイレ休憩に立ち寄った大きな滝で、新年の水浴をする里人と野猿たちをちらりと見物し、もう一度ティータイムをとっただけで、昼食も摂らなかった。ドライバー氏の家には一族郎党が集い、年明けの宴が催されると聞いて、私たちも彼の気持ちを汲んでひたすら走ってもらった。スリランカの道路事情で二九〇キロは十分に走り甲斐があった。ついでに記すと運転手付日本車の出迎え料金は三五〇米ドルでございました。

午後四時過ぎ、雨にしっとりと濡れたレインツリーの大木に迎えられ、ゴールのアマンガラ・ホテル着。今回の旅で一番期待していた町であり、ホテルだった。ここには四泊するが帰りは深夜一時三十分コロンボ空港発というわけで、丸々五日間、旧市街の砦の中で過ごすことになる。

ゴールはスリランカ南部最大の港町で、その歴史は古い。すでに十四世紀にはアラビア商人の東方貿易地として栄え、その後、ポルトガル、オランダ、イギリスが植民地として支配してきた。ために周囲歩いて小一時間の砦の中にいくつもの文化が混在して静かにして濃密な時を刻んでいる。砦上は遊歩道として利用され、インド洋に昇りインド洋に沈む太陽が朝な夕な眺められる。私にとっては夢の砦だ。

スリランカ旅行に用意したのはガイドブックに北欧系ミステリーの数冊、唯一本らしい本は友杉孝著『スリランカ・ゴールの肖像』(同文館出版)だ。古本で娘が見つけた「南アジア地方都市の社会史」と副題を持つこの労作は、一九八〇年代初頭にこのゴールに滞在して書かれた本だ。それによると十七世紀初め以降、およそ三百年以上ゴールは西欧植民地国の拠点として栄え続けた。だが、友杉が滞在した八〇年代初め、ニューオリエンタル・ホテルと呼ばれていたわれらがホテルもゴールそのものも、外航船が寄港しなくなり寂れていたという。だが、インド洋に突き出した地の利はなんとも魅惑的だ。

ゴールに到着した日は新年だった。だが、古くから異文化に接してきたせいか、アマンガラ・ホテルの食堂ではビールもワインも飲めた。酒なしデーは終わった。新しき年《アルットゥ・アウルッダー》、万歳だ。

二日目。私は一人ホテルの前の砦に上がり、時計回りに歩き出した。ホテルの隣がオランダ教会、郵便局前で、東に向かうと兵舎のような建物にはオランダ植民地の面影を残すオールド・ゲートが港へと導いてくれる。猫と荒い波が迎えてくれ、折から対岸の岬から陽が昇った。明日はインド洋から昇る日の出を砦の南端から見ようと思った。裁

新年に飾られる国旗を広げる筆者

判所の裏手で砦の石垣の上に出て、南に五〇〇メートルも歩くと灯台に出た。すると砦の内側にはモスクが姿を見せた。インド洋を左手に赤土の道をひたすら歩く。こんどはゴールの西側の海に出た。砦の突端近くは、モスクがあることからもわかるが、ムスリム商人が貴金属店を開いている。友杉の著書にも、「ムスリム商人は、植民地勢力と現地社会の媒介者であった。植民地時代の商業経験を基礎に、現在、広く特定商品の国内販売網を実現し、とくに宝石業ではほとんど独占的だ」と指摘している。また「市場経済の影響をゴール社会に伝え、あるいはスリランカを国外に媒介する」役目を負ってきたともいう。このようにゴール旧市街では、ムスリムとシンハラ人が住み分けているが、シンハラ人の上座部仏教色は薄い。ゆえに不飲酒の戒律は緩いのであろうか。お蔭で私は助かった。

南に突き出した砦を五〇〇メートルも北に上がるとムスリム社会からキリスト教社会に戻ってきた証、オール・セインツ教会やメソジスト教会などが見えた。

この日の夕方には、アエロス要塞の前の草地で砦外からやってきた大勢のスリランカ人が家族連れでクリケットに興じたり、海水浴をしたり、日本人が珍しいのか、私ども家族を招いていっしょに写真を撮ったりした。

さらに砦外の新市街が見えるスター要塞でふたたび東に曲がるとゴールのシンボルの時計台が見え、メイン・ゲートの先の石垣下に漁港が望め、わがアマンガラ・ホテルの白い壁が見える。ゆっくりと歩いて小一時間の散歩はゴール滞在中の朝晩の日課になった。

五日間、私たちは砦の中でほとんどの時間を過ごした。ホテルの中にあるアーユルヴェーダを連日体験し、ホテルに飽きれば砦を出て、歩き回った。持参した北欧系作家のミステリー小説を読み、ホテルの玄関前を住処にする野良犬(?)にちょっかいを出し、無為な日を過ごした。アーユルヴェーダだが、日本では体が資本とばかりに週に三回鍼灸マッサージの治療を受けている私には、いささか物足りなく感じられた。いや、アマンガラ・ホテルのアーユルヴェーダと日本の鍼灸マッサージを単純比較するのはアンフェアだろう。本式なアーユルヴェーダは自然豊かな環境の中で医師が食事から施術まで管理し、癒しの日々を二週間受けることで効果が表れるらしい。

江戸時代、湯治治療は十四日ひと巡りと考えられた。人間の体の細胞がリフレッシュし、変わるにはそれくらいの日数が要るらしい。つまり私のアーユルヴェーダ体験は、若返りどころかココナツ油がわが体に染み込まないうちに終わった。それでも癒しの効果というか、ストレスを解消する体験にはなったと思う。

ゴールを去る前日の夕暮れ、ゴールの砦を東側の岬から海越しに眺めようと三輪タクシー《トゥクトゥク》で見物に行った。石造りの砦の中に何百年もの歳月が封じ込められ、いくつもの文化が混在している町など世界広しといえどもそうはない。帰り道、トゥクトゥクの運転手がまだ新しい橋の真ん中で停車し、

「二〇〇四年のスマトラ島沖大地震が引き起こしたツナミが木造の橋を壊したんだ。そのとき、日本が手を差し伸べてこんな立派なコンクリートの橋に建て替えてくれたんだよ」

と教えてくれた。海外に出てみると日本政府は広報が下手だなとつくづく思う。

日本に帰国してみると、近頃騒ぎの源になることが多い某大国がインド洋を睨む海上交通の要衝のスリランカを中心に「真珠の首飾り」なる海洋安保政策を目論んでいると

いう。稳やかで物静かなスリランカが異国の軍事基地などにならないように切に願う。

数寄屋と作庭

惜櫟荘の庭が庭師小川治兵衛所縁《ゆかり》の者の手になるものかと質されれば、いや、それは、と答えに窮する。いささか説明を要するだろう。

岩波茂雄が吉田五十八に惜櫟荘の設計依頼をしたとき、茂雄の頭には造園についてのアイデアはなかったと思える。なぜなら、その場から見る「庭」はすでに完成していたのだから。海から急にせり上がった崖地の建設現場には三角形の空地があり、一本の櫟があった。いうまでもなく岩波茂雄が切るのを拒んだ櫟であり、この小屋《しょうおく》の名の由来になった「やくざな木で使い道がない」櫟だった。それを茂雄は「ちょうど俺のようだ」と残すよう命じ、別邸の象徴とした木だった。

櫟のある三角地の前から高さ八メートルの崖がほぼ垂直に落ち、崖下の正門から幅九十センチの細道が惜櫟荘の北側の玄関へと左曲がりに大松の間を抜けて上がる。

細道の海側には緩やかとはいえない傾斜の崖があって、海岸にそっておよそ五百坪の細長い土地が広がる。湯河原―熱海間に有料道路のビーチラインが通じて、もはや戦前の別荘地とは違い、いきなり相模灘に出ることは叶わない。

さて海岸に接した土地にも松が生えていて、起伏のある敷地の中に大小百本の松がある。完成した惜櫟荘から大小の松越しに海が見え、初島が浮かび、大島が遠望できる。岩波茂雄はこの風景に合わせて惜櫟荘を普請させたのであって、すでに「庭」はあったのだ。ゆえに茂雄も吉田五十八も敢えて庭を造り込むことは考えてはいなかったと思える。巨人と天才は惜櫟荘の建築が主眼で庭には重きを置かなかった、と書くのは的外れだろう。惜櫟荘を取り巻く自然環境に造園家の手が入る要はないと考えたのではないか。

惜櫟荘を私が譲り受けたとき、庭の手入れだが、必要最小限度の剪定を熱海の植木屋が手掛けていた。

惜櫟荘の全面改築の進行に伴い、女中部屋と呼ばれる別棟は取り壊すことにした。別棟のせいで風通しが悪く、雨が流れ落ちて惜櫟荘の聚楽壁に黒ずんだ醜い跡を残すほど傷めていた。その結果、西側に空き地が出来た。庭造りという考えが私の脳裏に初めて浮かんだ。

惜櫟荘には建物の四周や腰壁、湯殿など三十余坪の家にしては結構多くの石が使われている。修築の折、石の扱いを担当したのが岩城造園だ。その流れで岩城造園が庭造りも担当することになった。

新たな庭は当然急崖地の松が多い自然環境の庭と一体化されねばならない。また惜櫟荘の名の由来になった櫟との調和もあった。この時点で私は、岩城造園がどのような歴史を持つ植木屋か、創業者の岩城亘太郎《せんたろう》(本名千太郎)がどのような人物か知らなかった。

平成二十五(二〇一三)年に出版された『庭師小川治兵衛とその時代』(鈴木博之著、東京大学出版会)を読んで、日本の庭が近代日本の夜明けとともに新たな表現を身につけたことを知った。これは意外なことでもあり、得心するところでもあった。

小川治兵衛は本名ではない。京都の庭師・小川家の養嗣子となって七代目を継ぐ人物である。南禅寺から銀閣寺にかけて「哲学の道」と名付けられた小路沿いの、琵琶湖疏水がゆったりと流れる一帯がある。その東山別荘群の庭の多くを手掛けたのが植治《うえじ》こと植木屋治兵衛、七代目小川治兵衛だ。

この琵琶湖の水を京に取り入れる事業は元々明治日本が近代化の道を歩む中で、京の一角に工業団地を造るために国家プロジェクトとして構想された。それがいつしか平安神宮神苑に、さらに明治の元勲山縣有朋、西園寺公望、岩崎小弥太らの別邸に引き入れられ、琵琶湖疏水の水をふんだんに使った庭のある屋敷になった。絶対的な権力者ゆえの我儘、贅沢か。琵琶湖疏水が初期の目的の工業団地建設から今や京都の風情の一部になった南禅寺界隈の別荘群へとどう変じたかは鈴木の著作に詳しい。

明治二十七（一八九四）年、南禅寺の門前近くで山縣有朋の京都別邸無鄰菴の工事が始まった。無鄰菴に国家的事業の琵琶湖疏水を引き入れたのは「防火用水」という名目であった。山縣は無鄰菴で、古来の作庭技法を排して自然を生かした庭造りを目指した。

この庭造りに大きな意味を持ったのが琵琶湖疏水の引き込みであり、京都の東山の緑であった。琵琶湖疏水を活用したのが植治であった。無鄰菴の完成と評判は、次々に別邸別荘を生み出すことになる。その大部分の作庭に携わったのが植治であった。

山縣有朋が水の流れのある庭を求め、植治がその考えを生かして庭に動きを加えた。茶室の庭のような静的な庭に「動き」が加わり、江戸時代の作庭とは全く違った庭が誕生した。

古来作庭は、「石を立てる」ことを重んじたという。枯山水と呼ばれる庭は動きのない石の組み合わせのうちに、滝の風情、水の流れをイメージさせるもので、決して庭に動きそのものを取り入れることではない。

植治は山縣有朋の庭園を手掛けたことで、象徴的な造りから自然を生かした流れのある、動きの作庭を創り出した。鈴木博之は山縣有朋の発想と植治の技術によって完成された庭園を「自然主義」と呼んだ。東山の地形と琵琶湖疏水を使うことで近代日本の庭造りは変わった。

この植治の下で作庭造園を学んだのが甥の岩城亘太郎であった。叔父に弟子入りしたのが大正三(一九一四)年、十六歳の時だ。

ちょうど植治の一番油の乗り切った時で、住友家の新しい本邸となる大阪は茶臼山の作庭を開始する前後であった。住友家の主要な邸宅を植治が手掛けていた。さらに亘太郎が弟子入りして四年目、野村徳七別邸碧雲荘も引き受けた。

十年の歳月をかけた碧雲荘の作庭に亘太郎は携わり、経験を積んだ。碧雲荘が完成した昭和三年には亘太郎は植治の支配人兼工事長に抜擢されていた。その間、植治は、

「人格を磨け、人格以上の庭は出来ないのだから」

と亘太郎に言い続けたという。

七代目の下で作庭技術を学んだ亘太郎は京を離れ、上京する。その折、亘太郎は吉田五十八の研究所を訪ねている。

「茶色づくめの羽織はかまの和服姿で、一見お茶の宗匠と見まがうような、風格のある小づくりの男性が私の研究室を訪れた。名刺を見ると〈岩城亘太郎〉と記されてある」

と、吉田は『昭和の庭』(岩城亘太郎著、鹿島研究所出版会、一九六八年)に文を寄せている。

「私はどんなことをしても、日本で一番と云う植木屋になりたい」

と、何遍もくり返した亘太郎の言葉が吉田五十八の耳に残った。

昭和十四(一九三九)年、東京都世田谷区深沢に岩城庭園研究所を設立し、岩城亘太郎の関東での活動が始まる。

亘太郎の庭造りは、庭を正面で見る位置に、でんと坐りこんで何時間も「にらむ」ことから作庭が始まった。建築家が設計図を描くのと同じ作業で、亘太郎は頭の中に作庭を思い描き、それから動いた。イメージが固まるまで「にらむ」作業は続いた。半日でも一日でも坐りこんで、その行為を何回も繰り返したという。おそらくこの作業は小川治兵衛譲りの行為であろうか。吉田五十八の現代数寄屋造りのやり方とよく似ている。設計図上で考えるのではなく、とことん現場主義なのだ。

師匠の植治は水を使うことによって「時の流れ」を作庭に生かした。亘太郎の「にらみ」は、地形の中に師匠譲りの「時の流れ」を固着させ、力動的な庭のイメージを固めていったのであろうか。岩城亘太郎の代表作にホテルオークラ東京やホテルニューオータニの作庭がある。どちらも水の使い方がうまく、流麗である。

急崖地に建てられた惜櫟荘にはすでに自然主義があった。櫟であり、松であり、相模灘の潮の流れであり、その中に石に見立てられた初島と大島があった。

水の流れの前で

惜櫟荘の修復が完成したとき、私はやり残したことがあることに気付いた。旧岩波別荘の敷地の一部、海辺に近いところが荒地同然に残っていることだ。そこで私は水澤工務店と岩城造園に願い、惜櫟荘と連関性を持たせた作庭を願った。

竹藪を斬り倒したところ、相模灘に向かって風情よく伸びたひねこびた松が現れた。これらの松を中心に据えた、いささか惜櫟荘とは雰囲気が違う空間が出来た。さらに急崖を利用して「水の流れ」を造った。むろん惜櫟荘の「水の風景」は松越しの相模灘だ。これ以上の「水の流れ」は不要ともいえる。相模灘の潮流は、光の加減で刻々と様相を変える。岩波茂雄と吉田五十八の二人をして、櫟一本を中心に自然の松を配した相模灘以上の「水辺の景色」はない。

だが、私は惜櫟荘と海辺の土地を結ぶ流れを家人の反対を押し切って造ってもらった。

大島桜を中心とした海辺の土地が景色に馴染み、一段上の惜櫟荘からの眺めに調和するまでには何十年もかかろう。

平成二十六(二〇一四)年は岩城亘太郎が関東に進出して七十五周年であった。岩城では、『庭　IWAKI WORKS』(非売品)という記念の小作品集を編んだ。その解説文「植治から岩城へ、その継承と発展」は、黎明期、発展期、成熟期、現代と分かれて編纂されているが、わが惜櫟荘も現代の項に岩城の仕事の一部として紹介されている。

小川治兵衛、植治につながる惜櫟荘の庭足りえたか。私が蛇足を加えたのかどうか、答えの出るときはもはやこの世に私はいない。

五十八めぐり

今年（二〇一五年）の春は雨が多かった。家にばかりいるのにも飽きて、ふと思いついて御殿場にある東山旧岸邸を一家で訪ねることにした。

首相を辞したあと、岸信介が吉田五十八に依頼して建てた終の住処だった。建築されたのは一九六九年、惜櫟荘の設計から二十九年後、吉田五十八の最晩年の「作品」だ。

訪ねた日も雨が降っていた。

熱海の惜櫟荘から御殿場は箱根の山を越えて、さほど遠い距離ではない。

私がこの旧岸邸をこれまで訪ねなかったのにはいささか理由がある。いや、旧岸邸だけではなく、吉田五十八建築の建物をどこも見物に訪れたことはない。私が惜櫟荘の番人に就いた経緯は旧著『惜櫟荘だより』に記したとおり偶然の結果であり、惜櫟荘の存在に引きずられて修復を手掛け、未だ「主」たる自覚はなく、「どう後世に残すか」の結論を出していない。

惜櫟荘が私に教えてくれたことは現代数寄屋とはなにか、ということであり、「吉田五十八」と「岩波茂雄」が四つに組んだ結果の、極めてまれな建物であろう、という仮説だった。ゆえに他の五十八作品を見たとしても、なんら惜櫟荘の理解を深める役には立つまいと考えていたからだ。いや、少し表現が違う。惜櫟荘はこの建物自体で完結していると思っていたからだ、と書いたほうが気持ちに素直か。

竹林が雨に濡れてしっとりと美しかった。

庭越しに見た旧岸邸の印象は、惜櫟荘と全く趣が違う、「大きい」と思った。吉田五十八建築とはいえ、建物は施主の職業、考え、用途などによって大きく印象が違うのは当然だ。

私は、岸信介没後、この岸邸が遺族によって御殿場市に寄贈され、市が管理していたことを、そして、この旧岸邸に隣接する老舗菓子鋪とらやが管理を「委託」されていることを承知していた。

番人に就いて吉田五十八設計のような繊細な建物を行政が管理するには、いささか無理があることを承知した。なぜならば行政に寄贈された建物は、公開を前提として手直しされるのだろう。安全面を優先し、手すりを設け、車椅子利用者のためにスロープを新たに設けなければなるまい。そうなると「個」から「公」へと建物は性質を変える。とらやが御殿場市の代わりに保守管理を請け負ったのは、見るに見かねてのことではないか、と勝手に解釈した。吉田五十八の独創を、あるいは岸信介の想いと好みをなんとか留めておきたいと考えた結果ではないか。

惜櫟荘の落成式の日、同じ工務店の誼《よしみ》を通じて旧岸邸を管理するとらやの学芸員二人を招いた。その時点で熱海と御殿場、二つの五十八作品が協力してなにか出来ないかとの考えが私にあったからだ。旧岸邸では定期的に講演会などが催されている。私も講師として招かれたが、お断りした。とても吉田五十八作品を語る知識や資格は、番人の私にないと思ったからだ。

細部にわたって五十八らしい雰囲気が確実に旧岸邸にも見受けられた。だが、七十五歳の五十八が建築した旧岸邸は、純粋に自邸ではなかった。首相を辞したあとも国内外の公人を招き、接待する場でもあった。ゆえにその「私」と「公」が混じり合った建物であった。

建物とはこうもそこに住む人の生き方を反映、表現するものか。怖いと思った。

旬日を置かず京都に行った。

熱海からほとんど出ない私には珍しい遠出で、二十数年ぶりの京訪問だった。グラビア取材の御用旅ゆえ、なんでも掛《がかり》の娘が同伴した。前回書いた「数寄屋と作庭」の植治こと七代目小川治兵衛の仕事を見てみたいと、東山別荘群に近い蹴上にホテルをとった。

蹴上には琵琶湖疎水のポンプ場もある。これまた風情のある建物なのだ。

写真取材だがさほど時間を要しない。早起きの私には十分見物する時間がありそうだ。まず前日にホテルに入り、庭園を見物した。ここには植治が手掛けた葵殿庭園と、その倅の小川白楊が大正十四(一九二五)年に作庭した親子二代の庭がある。どちらも琵琶湖疎水を利用したもので、植治特有の流れる水がいくつもの自然の岩と人工の庭園を結びつけている。またこのホテルには建築家村野藤吾が設計した佳水園の「白砂の中庭」があった。

何年か前、この中庭を写真で見て、惜櫟荘の海側の庭造成のモデルとさせてもらった。瓢箪と盃をモティーフにした庭の奥に小川白楊が滝に見立てた自然の岩盤が中庭を引き締めていた。

次の日の早朝、南禅寺界隈の東山別荘群と哲学の道に沿って歩き回った。

ふと思い出したことがあった。

カメラマン時代だから三十年以上も昔か、哲学者梅原猛氏の自宅を取材で訪ねたことがある。密語菴の先の住人は和辻哲郎だと聞いたが、和風の家から飛び石のある泉水を見下ろすことが出来たという程度の記憶しかない。

その折、梅原に取材した執筆者倉本四郎は、十二年前、五十九歳の若さで亡くなった。長年週刊誌の書評欄に批評を掲載して出版界で高い評価を得ていた彼は、一語一文骨身出し、梅原邸を哲学の道の東に探してみたが、どこだか分からなかった。
国夫)を書評欄で取り上げてくれたことがきっかけだった。
を削って紡ぎ出す文人だった。倉本との縁は、私の写真集『角よ故国へ沈め』(共著小川
そうだ、倉本を堀田善衛に引き合わせたのは私だった。そんなことを切れ切れに思い

取材が終わった日、午後から本降りの雨となった。出版元文藝春秋が夕方、岡崎つる家に私と娘を招いてくれた。

岡崎つる家は、一九六四年、七十歳の吉田五十八が手掛けた建物だった。

この料亭はエリザベス女王や故ダイアナ妃を始め、世界中から賓客が訪れる料亭だから名前だけは承知していた。だが、高級料亭には縁がない。今回の京都訪問の取材行と合わせて文藝春秋が私たち親子に機会を作ってくれたのだ。『文藝春秋』が去年の十月にカラーグラビアで「現代数寄屋の巨匠　吉田五十八の美」(写真・文/稲葉なおと)を特集していた。そのためもあってか、大女将の出崎和子ら三代の方々に温かく迎えられた。

建物は大正時代の大阪の実業家野村半三郎の別邸をもとにしたものだ。長唄の名手でもあった吉田五十八が長唄仲間の出崎家の先々代の依頼で改装したという。ために、もとになった野村邸と五十八デザインが融合されて、すべてが開け放たれる大窓も吉田五十八独特のデザインになっている。

高級料亭には縁がなくとも、水澤工務店が普請を担当し、吉田五十八亡きあとは愛弟子の板垣元彬が折々の修復を監督してきたせいで、なんとなく岡崎つる家には親しみを感じていた。

三月三日、本降りの雨の雛祭の宵。

三代の女将に迎えられ、まずバーに通された。

「ああ、新喜楽のバーに雰囲気が似ている」

と思った。もっとも私、新喜楽を写真でしか知らないが。

新喜楽は惜櫟荘と同じ一九四〇年の仕事で、五十八の油が乗りきった四十六歳の作品だ。いつだったか、新喜楽の主人が惜櫟荘を訪れて、「ああ、懐かしい」と呟かれたことがあった。二つの建物の類似に、そして幼い記憶でも蘇らせたか、私より少し年上の主は驚かれたようだ。

一方、岡崎つる家は吉田五十八、七十歳の円熟期の設計、あるいは建築家人生の集大成といっていい建物だ。大壁、違い棚、床の間の造りに五十八の雰囲気を見たが、惜櫟荘とは比較にならないほどの圧倒的なスケールで迫ってくる。一番の見物《みもの》は二階の月の間に迫り出してくる舞台機構だ。

こうなるともはや「数寄屋」とはなんぞやと考え込んでしまう。まあ、料亭と小家では目的が違うのだから、雰囲気が違うのは至極当然なことだろう。

床の間に飾られたお雛様がなんとも愛らしい大広間を私たちが占拠した。一階の大広間と二階の月の間の建物は、池に突き出すように建てられている。

料理も美味しかったが、庭に降る雨を月の間から見るともなく見て、雨音を聞き、出崎和子らと吉田五十八の建物を維持していく苦労を短い時間ながら話し合えたのはよかった。「やっぱり」と共感することが多かった。

保存していく大変さは持ち主でないと分からない。建物は人が住んでなんぼ、使ってこそ味が出る。だが、使えば傷む。吉田数寄屋の特徴は、複雑な普請をそうは見せないシンプルさにある。ゆえに維持保存、手を入れるタイミングが難しい。どの時点でどう手を入れるか見極めるのは「主」しか出来ない。未だ番人の身分から抜けない私などその域に達しないが、岡崎つる家を大切に守り続ける出崎家の苦労は察することができる。

誤解を恐れずに言うならば、五十八が残した遺産の継続は持ち主が身銭を切って保持していくしかないかと思う。繊細な木造建築はそうやって守られるのだろう。

蜂と蠅　夢にて候

大雨から一転猛暑の夏が到来した。東京では七日続きの猛暑日とか、新聞が報じていた。わが熱海でも、

「網代、三六・八度、観測史上初めて」

と大見出しが地元紙の一面トップを躍った。日本じゅうが異常気象の夏を迎えているようだ。

猛暑日が何日か続いたあと、小松が植えられた惜櫟荘の崖面に地蜂シロスジハナバチが大量に発生した。切り立った自然の崖が茶色の砂に一夜で染め変えられていた。法面《のりめん》には、小松の他に小さな茶の木、躑躅《つつじ》などが生え、その根元は下草に覆われていたはずだ。ところが小さな砂山があちらこちらに出来、その上をぶんぶんと地蜂が飛び回っている。それも幅五、六メートルに渡って数えきれないほどの巣穴があり、蜂どもは巣穴を広げるためか、砂をせっせと運び出していた。

洋間から相模灘を望む

折からの炎暑に砂はさらさらと乾き、崖下の小道や石畳の市道へと落ちていた。尋常ではない。

惜櫟荘の洋間からの見物《みもの》は、伸び放題だった松を丹念に刈り込んで、相模灘がほどよく見えるようになった景色だ。その小松に蜂の巣は悪い影響を与えると思った。

即刻、岩城造園に連絡をとると、まず地元熱海の蜂退治の業者を呼ぶ手配をしてくれた。その業者が惜櫟荘を訪れ、切り立った法面と無数の地蜂を見て、「こりゃ、法面が崩れて危ないら」と尻込みした。さらにいうには「これだけ発生した蜂は来年も活動するら、巣穴をいくつか叩いたところで横に移動するだけら」と宣った。

私はその段階で抜本的な手当てが必要だと考え、岩城造園の検分を願った。その結果、まず樹木医に蜂の巣が松に与える影響を診断してもらうことになり、蜂退治と法面処置の二段階で作業を敢行することになった。

なんだか暑い夏が一段と暑い夏になりそうだ。

画家鴨居玲は私には対面したこともない未知の人であり、それでいて何十年来、気に掛かっている人物だった。

一九八五年九月七日、鴨居は五十七歳で自裁した。

その没後三十年を記念し、今年、東京ステーションギャラリーを皮切りに北海道立函館美術館、石川県立美術館、伊丹市立美術館と、鴨居が生前縁のあった土地で『鴨居玲展──踊り候え』が開かれている。

私が鴨居玲の名を知ったのはスペイン滞在時代、画家市橋安治、文子夫妻のおかげだ。市橋夫妻とは、闘牛の写真取材に没頭していた一九七二年七月、パンプローナの闘牛祭で出会い、その翌年もその地で再会した。

この市橋が私をマドリッドの鴨居玲の家に連れて行った。市橋がなぜ絵画に全く無知の私を鴨居玲に会わせようとしたか。互いが「闘牛愛好癖《アフェシオナード》」であった一点であったろう。

この夜のことを私はうろ覚えにしか記憶していない。玄関を入った正面の壁にマドリッドのラス・ベンタス闘牛場の連続闘牛興行のでっかいポスターが貼ってあった。鴨居玲は不在だった。私はこの家の主が何者か知らず、パートナーだった写真家の富山栄美子の供するワインを馳走になって闘牛話をした記憶しかない。

『鴨居玲展――踊り候え』を鑑賞した折、買い求めたカタログや画集、そして『一期は夢よ 鴨居玲』(瀧悌三著、日動出版)や『鴨居玲 死を見つめる男』(長谷川智恵子著、講談社)を読んで、鴨居の二度目のマドリッド滞在と私が闘牛取材に最初に取り組んだ時期とがぴったりと重なり合うことを知った。となると、私が訪ねたのは、カルメン・サンチェス・カラスコサ通りの寓居《ピソ》だったのか。

富山と市橋の話から私は酔いの頭で、

「途轍もない人物」

と認識した。たとえばマドリッドから南へ二百キロ余り離れたバルデペーニャスの家に行く折、鴨居玲は「スペインに一台しかない」というムスタング・マッハを飛ばして行くとか。そのトランクには「村」の人々に配るお土産が一杯積まれていたなどの話は、鴨居の画業も履歴も知らずして私を驚愕させ、腰を引かせた。

ために二度目の誘いは、私が泊まっていたマドリッド郊外のキャンプ場に市橋たちがわざわざ訪ねてきてくれたにも拘わらず、その厚意を無にして拒んだ。

私にとって闘牛取材は、ただ一つ生きていくための希望だった。古びたワーゲンの車内で寝泊りしながら闘牛場に通う日々だった。鴨居玲の画業も人柄も知らずして肌が合うまいと即断した。私の悪い癖だ。

いや、少しニュアンスが違う。

鴨居と市橋の出会いの頃の話がある。二人はマドリッドの画材店「マカロン」で出会った。後日鴨居の家に招かれた折の市橋の印象が長谷川の著書にこう記述されている。

「鴨居のアトリエには熱気と絵の具の匂いの中「廃兵」や「私の村の酔っ払い」などの名作があり、市橋は圧倒された」

クールな市橋らしい淡々とした描写だが、画家が他の画家の作品を見た瞬間、それも鴨居玲の絵を見たときの驚愕は計り知れないものがあったろう。市橋のその後の言動は、鴨居玲への純粋な敬愛を示していた。

一方、私が闘牛愛好で一致するというだけで鴨居玲に会っていたとすれば、市橋安治が圧倒されたとは別の意味で打ちのめされるだろうと、その折、私は直感したのだ。

今度の『鴨居玲展――踊り候え』で初めて鴨居玲の画業の全容に触れ、私の貧しい直感力と想像力が、ある部分当たっており、大部分的外れであったことを感じた。

スペイン時代の鴨居玲の苦悩を知らずして、ただ安っぽい反感や嫉妬心から拒んだ出会いについてだ。一方でその折、会っていれば、生涯鴨居玲の透徹した才と熱気のほとばしりに打ちのめされ、生涯その呪縛から逃れられなかっただろうと思う。それほど鴨居玲には圧倒的な存在感──実際には会ってもいないのに──があったのだ。

私は初めて展覧会で鴨居玲の全容──の一部かもしれないが──に触れた。人の奥底に横たわる魂は、なんと脆くて哀しいものよ。

鴨居は外見や貧富を度外視して、人それぞれの魂の奥底を、生きるとはどのようなことかを凝視していたのだ。

命を自ら絶って三十年後、陰影の中にかように輝きを放つ絵があろうかと、思う。それは才のある者が命を賭して絵に取り組んだとき、自身の魂と触れ合って響き合う音色のようなものか。

鴨居の短いスペイン時代が豊穣の創作期であったことは、《私の村の酔っ払い》《廃兵》《夢候よ》《蝿》など数々の名作が教えてくれる。

ここには七〇年代初めのスペインの貧しさと豊かさ、強権を酔いであざ笑う村人の知恵とユーモアが、動きを止めた一瞬の動作に凝縮されて描写されている。蝿を観察する大真面目な顔、あの時代を超越した鴨居玲がそこにいた。なんと蠱惑《こわく》的な世界か。

私が鴨居玲を避けた理由は自分自身にあったのだ。私はあの時代を表面《おもてづら》しか見ていなかった、自信がなかった。

鴨居玲の作品群の前に立ったとき、「おまえは闘牛になにを求めたのか」と問いかけられているような気がした。

七〇年代、スペイン闘牛は最後の黄金期を迎えていた。多彩な闘牛士たちが競い合い、アンダルシアの暑さと飢えに堪えた四歳の闘牛《トロ・ブラボー》がいた。それだけで私には満足であった。

このご時世だ。もはやあの時代は蘇ってくることはない。


一つだけ謎が残った。

どこであったたか、鴨居玲の闘牛の絵を見た、とずっと思ってきた。だが、展覧会のスペイン時代のどこを探してもそんな絵はなかった。

私が記憶する画面は、バルのカウンターに半身をもたせかけた元闘牛士の絵だ。人気闘牛士ではなかったろう、田舎闘牛士で経歴を終えたのだろう。ただ一つ残った闘牛士の上着、光の衣裳《トラッヘ・デ・ルーセス》を着た背中からの顔の描写と覚えていた。

陰影を強調して画面は暗く沈んでいた。

ひょっとしたら田舎闘牛士でもなかったのかもしれない。闘牛に魅せられただけの男が古びた光の衣裳を着て酔いに浮遊するとき、「闘牛士になった夢」を見ていただけかもしれない。

私はなぜかこの「元闘牛士の絵」をバルデペーニャスの酒場で描かれた鴨居の作品だ

と思ってきた。

だが、闘牛の絵は一枚もなかった。私の記憶違いか、鴨居を想うあまりに見る夢なのか。

『鴨居玲展――踊り候え』は壮大な鴨居の遺書であり、後世への遺言だと私は思った。鴨居の絵は、どすんどすん、と私のボディを打つ。暑い夏、ただただ打ちのめされている。

「謎の絵」のこと

惜櫟荘前庭の法面に地蜂のシロスジハナバチが大量発生し、自然の急崖地が崩れそうになった件だが、まず地蜂の巣穴の活躍を抑制するためにモスピランなる消毒薬を散布し、そのひと月後に幅およそ一メートルほどの金網式植生シートで法面の一部を覆った。縦三メートル、横八メートルほどだ。

このシートには草の種が埋め込んであり、来春には草が生えて、法面を強化するはずだ。そして、シートそのものは数年後には自然に溶けて、消えるそうな。

この手当てが功を奏し、法面が補強されて、松が護られるといいのだが、結果が出るまでには三年余りかかるとか。

ともあれ蜂が活躍する時期が過ぎたので、法面に大きな植生シートだけが張られて残り、あまり見栄えはよくない。

それと惜櫟荘外壁のリシン搔き落としと屋内の聚楽壁の修理は、十一月半ばから三月までかかる予定だ。というのも下塗りの壁が完全に乾くのにふた月以上かかるからだ。

時代小説に転じて十八年目に入り、昨年一つのシリーズを完結した。そしてもう一つ、一番長い巻数の『居眠り磐音江戸双紙』(以下『居眠り』と略)をこの一月に完結する。『居眠り』の最終巻は、自ら鼓舞し、読者と約束してきた五十巻を一巻オーバーして終わる。

読み物文学ではどうもシリーズ化が世界の潮流のように見える。北欧やイギリス、アメリカのミステリーなどでもシリーズ化されたものは多い。活字本が売れない時代、シリーズ化でなんとか固定読者を捉まえておこうというのは世界的な傾向のようだ。私がなんとか小説家生命を保つことができた時代小説の文庫書下ろしシリーズも、固定読者をつなぎとめるため出版社も作者もなりふり構わない最後の手立てであったと思う。

とはいえシリーズの長期化を可能にするには条件が一つある。一定の読者を飽きさせずに確保すること、読者の支持(一定の売り上げ)なくしては、いくら作家に創作力が旺盛といっても不可能だ。

『居眠り』は二〇〇二年に開始されたから、足掛け十五年の長きにわたった。初版は二万五千部から始まり、累計部数は正月発売の新刊で二千万部を超える見通しだ。

かような数字を自慢げに記したのは、活字本の時代小説を主に中高年層が支えている現実があること、この層が一度面白いと思って下さると作者が手を抜かないかぎり、律儀に新刊に手を伸ばして下さる貴重な読者層であることを知ってほしかったからだ。活字離れが叫ばれて久しい昨今、一つの「記録」として残しておいてもよかろうと思ったのだ。

私の時代小説の特徴は、時代設定をはっきりさせ、史実に残る人物と虚構の人物が絡み合うところにある。そのせいもあり、登場人物が物語の進行とともに歳を重ねていく。ゆえに物語が長期化すると、登場人物の成長をわが子かわが孫のように慈しんで読んで下さる。

また殺伐とした描写や表現を避けたことも読者をつなぎとめた要因かもしれない。ゆえに亭主から女房に、あるいは祖父から嫁、孫にと一家三代で回し読みができる物語として親しまれた。

一方で登場人物がいささか定型化して、深い人物造形に欠けがちであることも否めない。

現実世界を見渡したとき、余りにも不条理で悲惨な事件が多発している。現代小説ならばこの社会現象を直視し、人間を凝視せざるを得ないだろう。現実と虚構ともに悲惨では、思考の逃げ場所がなく鬱々とする。私は敢えて人間の性善説に立った勧善懲悪をよしとして、切なくとも逃げ場のない読み物は書くまいと覚悟を決めた。

読者からの反応の中に、家族の介護をしながら『居眠り』を読んでいる、あるいは末期ガンの方がこのシリーズを楽しんでいたが、完結を待たず亡くなりましたとの家族からの手紙も多く頂戴した。

娘があるツイッターを私に転送してくれた。


電車の中吊り。

佐伯泰英の小説の広告。

父が好きでよく読んでいた。

電車の中で、泣きそうになった。


この四行を読んだ私も泣きそうになった。この娘さんの父御のような方々に私の時代小説は支えられてきたのだ。読者諸氏にいくら感謝しても、し足りない。

前回の「蜂と蠅 夢にて候」に登場した画家市橋安治に『図書』十一月号を送ったら、すぐに返信をくれた。最後の部分に記した「謎の絵」について触れてあった。

長崎新聞の依頼で書いた鴨居玲論のエッセイのコピーも添えられていた。どうやら長谷川智恵子はこの市橋のエッセイの一部を『鴨居玲　死を見つめる男』に引用したらしい。

　市橋は、この部分ではなく後段こそ書きたかったことで引用するならここにして欲しかった、と書いてきた。そこで私は勝手に市橋が伝えたかった部分を引用させてもらう。友よ、許したまえ。

ある村(ハエンだったと思う)で闘牛を見た後、近くのバルに寄った。襟元や袖口が垢でテラテラと光る上着を着た老人が近づいてきて、ポケットから輪ゴムに挟んだボロボロの古びた写真を取り出して見せ、若い時、闘牛士だったとしきりに自慢したことがある。後日、鴨居さんは闘牛士の上着を肩に羽織った老人を描いた。油彩《私の村の酔っ払い(夢候よ)》はそんな体験が元になって生まれたように思われる。

　鴨居さんの眼差しはいつも〝英雄になれなかった者〟、〝夢破れし者たち〟に注がれていた。

ハエン県の特産はオリーブだ。見渡すかぎりオリーブ畑が広がり、アンダルシアの中でも最も貧しい地方の一つだ。

だが、闘牛に関心を持つ人間にとって聖地でもある。

闘牛士パロモ・リナレス(『角よ故国へ沈め』より)

一九四七年の夏、名闘牛士マノレテが、勇敢な牡牛《トロ・ブラボー》を育成することで知られたミウラ牧場のイスレーロと闘い、壮烈な死を遂げたのがハエン県リナレス闘牛場であるからだ。

鴨居や市橋や私が闘牛に熱中していた時代には、セバスチャン・パロモ・リナレスというリナレス生まれの人気闘牛士がいた。

若い闘牛士パロモ・リナレスは、闘牛をスペインのみならず世界的な熱狂の渦に巻き込んだスーパーヒーローのエル・コルドベスといっしょに、フランコ独裁政権時代に旦那衆階級の支配していた闘牛に叛旗を翻して、自分たちだけの自主興行を行った。

この二人の闘牛士の闘いを描いたノン

フィクション『闘牛士エル・コルドベス　一九六九年の叛乱』で、私は物書きとしてデビューした。

ある年のシーズンの終わり、日本に帰る別れの挨拶にパロモ・リナレスのホテルを訪ねた。数多いる闘牛士の中で絵になる闘牛士がパロモ・リナレスであり、私は彼の追っかけ写真家としてイベリアじゅうの闘牛場を巡り歩いて、その戦いを記録した。そんな付き合いの闘牛士が、

「おまえのカメラのレンズを置いていけ」

と粗野な言葉で命じ、その代わりトロ・ブラボーの血に汚れた戦闘用カポーテをくれた。

そんなことを不意に思い出した。


市橋の手紙には私が思い描いていた絵のカラーコピーが同封されていた。そして、コピーの下に鉛筆で、

「鴨居さんは「この絵を君に買ってもらおうと思って描いた」と云った。「出世払いで良ければ買います！」……と云ったのに、鴨居さんは小生が出世することは無いと見抜いていたからか日動〔画廊〕に売ってしまった！」

と付記してあった。

私が曖昧に覚えていた絵の背景はバルのカウンターと記憶していたが、煙草の煙など

で年季が入った白壁だった。それ以外は全く私が見た「謎の絵」そのままだった。

この絵について市橋と話したことはない(と思う)。というのも写真家だった私が鴨居の絵を巡って画家の市橋と話し合った場面など想像もできないからだ。となると、かなり以前に日動画廊で開かれた『鴨居玲展』で見た記憶が曖昧に残っていた結果、「謎の絵」となったのだろう。

ともかく鴨居と市橋がハエンの田舎闘牛を見たあと立ち寄ったバルでの光景と、私が記憶していた絵の印象とが大きくかけ離れてはいなかった。そして絵のモデルが「夢破れし者たち」の一人であったという私の分析も、さほど間違いではなかったことになる。

鴨居の《私の村の酔っ払い》には、いくつかバリエーションがあるようだ。私の「謎の絵」の《夢候よ》は、先日の『鴨居玲展――踊り候え』には出展されていなかった。どなたか個人で所持しておられるのか。

市橋も私も、あの時代の闘牛への熱狂を、もう夢で見るしか手立てはない。

テロ後のパリ

何度目のパリ訪問だろう。海外旅行のために去年一年はせっせと仕事をし、ようやく二週間の休みを捻り出した。一家での一年半ぶりの旅行に娘から注文がついた。それはオペラ座で催されるルドルフ・ヌレエフ版のバレエ《ラ・バヤデール》の観賞だった。

十一月半ばから師走にかけてのこの公演のために世界じゅうから予約が殺到するという。チケットが売り出されるのは公演の何カ月も前。娘がネットで直接オペラ座へと、念のためにドイツの代理店にも、二系統で申し込んだ。運がよかったのだろう、なんと二つとも三人席が取れた。十二月三日午後七時半開演の席だ。この日を中心に旅行が組み立てられた。

その矢先二〇一五年十一月十三日金曜日、パリの同時多発テロをインターネットで知った。その瞬間、旅を中止すべきかどうか迷った。娘と話し、数日様子を見ることにした。日が経ち、テロの全容が知れるにつれ、さらに迷いは増幅した。

いつものように一家三人で旅に出る場合の慣わしどおり、万が一の場合に備えてそれぞれが公正遺言証書を作成するのを顧問弁護士にお願いした。大金持ちでもないのにかような手間を掛けるようになったのは、偏《ひとえ》に「惜櫟荘」入手以来の慣わしである。三人同時に死亡の場合、「惜櫟荘」が人手に渡る、それも分割されるならば売却処分に付されるであろうし、それはすなわち「惜櫟荘」が消滅することを意味する。私が熱海の旧岩波別荘を入手したのは後世に残したいと思ったからだ。完全修復後もメンテナンスに気を遣ってきたのはそのためだ。それゆえかような手間をかける遺言を毎度書き改める習慣ができた。

旅の仕度はすべて終わった。でも、迷いが残っていた。新たなテロに巻き込まれるのが怖いというのではない。判断力や体力の落ちた老夫婦が「戦場」と評されるパリに入ってよいものか。

旅の出立はテロから十一日目、テロの余波は鎮まるどころか全世界的な騒動へと発展していた。

迷う背中を旅へと後押ししたのは、『居眠り磐音江戸双紙』の完結かもしれない。十五年にわたるシリーズが五十巻、五十一巻の正月刊行をもって終わる。その再校校正も念校も終わった。一つの区切りをつけたいと思ったことが、私が旅に拘った動機かもしれない。

ともかく旅の途中でも大きな変化があったら旅を中止、あるいは行き先を変更する覚悟で成田を出た。

十二月一日、パリに入った。今回はチューリヒからＴＧＶでパリのリヨン駅に着いた。タクシーから見る風景はいつものパリながら、やはりクリスマス前の賑わいが感じられないように思えた。

パリには四泊する。ＣＯＰ21が催される最中、ある意味では一番警戒が厳しいパリの中心部のジャンヌ・ダルク像を見下ろすホテルに入った。

翌朝、娘はパリに来たときに通うバレエスタジオに行った。クラシック・バレエは基本が出来ていれば、どこの国のスタジオにいきなり訪ねようと習うことができるそうな。入会金など払う要はなく先生に直にその時間のレッスン料を払う仕組みらしい。わざわざレッスンに出かけたのは、バレエのスタジオならばオペラ座のチケットを欲しいという人がいると思ったからだ。

娘がレッスンを受ける間に、私と女房は花屋を探し廻った。テロの犠牲者に捧げる花束だ。私たちのパリ訪問の目的の一つをテロの被害者の慰霊と決めていた。それで花束を誂える仕事が私たち夫婦に回ってきたというわけだ。

私のフランス語はカフェでビールを注文する程度だ。求めるものが供花であることなど説明できようか。昼前、店を開けたばかりの小さな花屋で、決して機嫌が宜しくはない親父と向き合い、あれこれと説明してはみたが、当然通じない。花屋の客だ、花を購いにきたのは当然のことだ、だが、その意味が……。

そのとき、閃いた。旅ノートにル・モンド紙のテロ特別号の写真を切り抜いて貼っていたことを。建物の窓の手摺りを撮った写真だ。三色の雨合羽でフランス国旗を表したテロへの抗議のメッセージだった。パリのあちこちでこのような創意工夫した抗議の形を見た。

直ぐに客の意図を店主は理解した。そして三色旗の花束を造ってくれた。二つで三十八・五ユーロ。もう少し立派な花束を思い描いていたが、値段ではない。花屋と客の私らが、共通の感覚を一瞬でも得たことが大事だと思った。

共和国広場は娘のバレエスタジオから歩いてもさほど遠くはない。

広場に出た瞬間、フランスの「痛み」が理解できた。

五本の大通りが交差するこの広場は最近改装され、デモやイベントでパリが一つになるときに人々が集う場所だ。五つの通りの中心に「島」があって、大きなマリアンヌ像が立っている。その像が見えないくらいの花束、国旗、キャンドル、犠牲者の写真、メッセージが供えられていた。私たちも線香を手向け、花束を捧げて、ただ手を合わせた。

今回のテロで一番の犠牲者を出したバタクラン劇場はこの広場から延びる大通りの一

テロ現場近くの共和国広場にて

つにあった。警察車両がいまも警戒に当たっているのは当然としても、劇場の周辺一帯は共和国広場以上の哀しみが支配していた。あの次の日から捧げられた枯れたものも含む多くの花束は、犠牲者の脱げた靴、乗ってきた自転車、ギターや写真も一緒に、巨大な哀しみのオブジェを形作っていた。

人間、死ねば「無」と化す――これは無信仰の私の考えだ。だが、あの場には突然の暴力に巻き込まれて亡くなった若い人々の「無念」が漂っていると思った。

これまでパリをどれほど訪れただろうか。若い頃は仕事がらみだった。観光客然としてホテルに泊まるようになったのは、時代小説に転じて余裕が出来たこの十数年だ。ともあれ、このようなパリを私は知らない。

私たち一家が立ち止まっていると、直ぐに英語で「なにか困ったことはないか」「どこに行きたいのだ」と声を掛けてくる。こんなパリっ子を知らない。一年に二度ものテロは、誇り高いパリの人々の気持をも変えたのかも知れない。

私たちはただパリの町を歩いた。歩くことが哀しみを少しでも共有(傲慢な言い方とは分かっているが)することになるような気持で歩いていた。


十二月三日、オペラ・バスティーユに《ラ・バヤデール》を見に行った。

この宵の主演は、今がまさに「旬」の踊り手ドロテ・ジルベールがニキヤ役、相手役はマチアス・エイマン、ガムザッティ役は母親が日本人のオニール八菜《ハナ》。娘によればこれほどのメンバーはなかなかそろわないという。

当然のことながら厳重な警備だった。一カ所しかない入口に大勢の客が詰めかけていた。

娘がバレエスタジオで探したオペラ座観賞の希望者とこの場で待ち合わせたが、すごい人混みでなかなか出会えない。ようやくなんとか約束の三人と出会えて、チケットを渡すことが出来た。代金を気にする三人に、偶然にも二重に入手できたことを伝え、一緒に楽しんでもらえば嬉しいのだと娘が伝えた。

私たち一家にとって初めてのオペラ・バスティーユだ。

オペラ・ガルニエより広く二千八百近い収容人員を持つ。満席だ。私は当初演目すら知らなかったが、お金のかかる古典バレエ上演が敬遠されるなか、《ラ・バヤデール》上演は珍しいそうな。それだけに世界中からパリにこの公演を見にくるという。街では滅多に会わない日本人も見かけた。

テロから数日後がこの公演初日であった。さすがに客は七、八割の入りだったそうだが、舞台が始まる前に国歌ラ・マルセイエーズが演奏されたという。緊張の余韻が私たちのこの日の観客席にもあった。

人間には楽しむ権利も哀しむ自由もある。テロに抗するために普段の暮らしを続ける、予定を変えない、という観客の熱意が伝わってきた。

私たちは三つの空席をつくらなかったことを喜んだ。待ち合わせた三人のうちの一人は小学校の教師とか。バレエの稽古はしていてもまだオペラ座で観賞したことはない、と素直に喜んでくれた。

インドを舞台にした三幕ものは、なんの知識もない私と女房を魅了した。

奥深いバックヤードを十分に使ったエキゾチックな美術の華麗さ、ダンサーたちの衣裳の豪奢なこと、そして三十二人の群舞の清雅なこと。とくに「地獄の八分」と呼ばれる緩やかな動きの登場シーンでは群舞一人ひとりの緊迫と技量が伝わってきた。そしてこの夜、ドロテ・ジルベールの、ますます成熟し繊細にして優美なバレエに蠱惑された。舞台とオーケストラと観客席が一体化していたのは、多発するテロへの静かなる「抗議」の気持からだろう。

三幕が一瞬のような永久のような時が終わった。私たちはメトロでホテルに戻った。今回のパリ訪問は深く記憶に残るものになった。

石畳雑記

朝、漁船のエンジン音で起床する。伊豆山漁港の船が定置網でゴマサバの漁をする音だ。

熱海に関わりを持って十四年目を迎えた。

戦前から続く別荘分譲地の石畳の住人も大きく様変わりした。住人が高齢化して亡くなったり、家族のもとへと引き取られたりして、常住者は少なくなったのだ。代わりに新しい住人が入っていることは滅多になく、私たち以降は二軒だけが新住民だ。その他に在住者が隣地(土地と温泉権は不可分)を譲り受けたために、本来は二十三口ある伊豆山十二号泉の温泉権は、ただ今、クラブ員十人に偏在してしまった。

温泉権二十三口を十人で維持していくのは、メンテナンス費用などからいっても難しい。だが、この一画は戦前から野村証券の創業者野村徳七の別邸と岩波書店の惜櫟荘など中心になるべき企業があったために、なんとか現在まで守られてきた。そして、七十四年ぶりの源泉の替掘工事が今年行われる。そのための費用を用意するためにこの五、六年世話役たちが動いてきた。

温泉は、広い敷地を所有しているからといって勝手に掘削していいものではない。最近、熱海は観光客の増加に伴い、新築の家や別荘の建築を見かける。わが石畳近くにも別荘が建築されることになり、基礎工事の最中に敷地から温泉が湧いてきた。その折、施主は、「設計を変えて、温泉プールを造ろう」と興奮したそうな。

だが、新築中の敷地から温泉が出るのは実は厄介なのだ。温泉が使えるどころか、温泉を止める費用と日にちを要するからだ。温泉法に基づき、「土地の掘削、増削、動力装置及び温泉利用の許可」などが行政によって厳しく管理されている。

県が厳しく管理するには理由がある、自然の恵みの温泉も無限ではないからだ。新掘作業だけではなく替掘作業も厳しい基準を満たさないと許されないのだ。

ちなみに平成二十七年度の記録によると、静岡県内の温泉数は二千五百八井、平均温度は五十四・八度、平均湧出量は毎分百四・九リットルだ。

伊豆山で十二番目に掘られたわが源泉は、海っぺりの地中二百メートルから汲み上げられている。湧出量毎分百六十リットル余、温泉温度六十五度前後と、伊豆山温泉の源泉の中でも屈指の優良源泉だ。

ともあれ替掘作業に際しては、わが十二号泉の源泉地から半径二百メートル以内にある他の源泉地に許可を得る必要がある。替掘が他の源泉に影響を与えることもあるからだ。その上既存の源泉から半径五メートル以内に新しい温泉源を掘らねばならない。

何通もの申請書を伊豆山温泉組合や県に提出して、許しが得られた。

七十年余使い込んだ温泉管は高い湯温でぼろぼろになっており、今回の替掘作業はどうしてもやらざるをえなかった。既存の源泉を使いながら作業が行われるので温泉は使える。だが、最終段階で二週間ほど温泉なしの日があるそうな。

替掘の工事費はそれなりに多額で、この費用が捻出できない源泉(権利はあっても使えない休眠温泉)が熱海・伊豆山地区にいくつもある。

替掘作業後に泉質が変わるのかどうか、湯量や湯温はどうかなど、クラブ員の間に期待と不安が交錯している。

惜櫟荘のリシン掻き落としの外壁修理は、昨年末から下塗りの乾燥を経て、三月末から中塗り、続いて上塗りが再開された。ひび割れが入らないように下塗りの素材を変えたそうで四月中旬に壁工事が完成した。

リシン掻き落としにひび割れが生じたのは、工事中に起こった東北大震災の影響とか、七十余年前の吉田五十八の下地造りを忠実に踏襲したがゆえとかいろいろ諸説あって、専門家もどれと決めきれないようだ。

外壁のリシン掻き落とし工事

北側の外壁は、目地もなく十メートル以上もリシン掻き落とし壁が続いている。境のない一面のリシン掻き落とし壁は美しい。だが、下地に少しでも問題があれば、当然上塗りにひび割れが生ずる。

素人考えだが、下地になにか原因があったかと思われる。ゆえに下地塗りの素材を変えたのはよかったのではないかと思う。この外壁もしばらく歳月の経過を見ないとなんともいえない。

もう一つ、惜櫟荘には問題があった。

海側の急崖に地蜂シロスジハナバチが大量に巣を造り、地中の土を外へとせっせせっせと掻き出し始めた一件だ。

まずは蜂が行動を休止する秋口に、植物の種を散らした金網式植生シートで法面《のりめん》を覆ったが、その植生シートから草が生えてきて、金網はだんだんと隠れていきつつある。だが、この植生シートが地蜂の活動をどれほど弱めるか、夏になってみないと判断がつかない。

そして新たにわが敷地に五つ目の門ができた。飼い犬みかんのせいだ。

昨年末、一家でイタリア、スイス、フランスの旅に出たことは前回の連載で一部記した。帰国して東京駅で娘と別れ、私たち夫婦は新幹線で熱海に向かった。

東京駅のホームから留守中みかんの面倒を見てくれていた管理人の栗原さんに「帰国した」と携帯で連絡した。その電話の受け答えで、みかんは私どもが戻ってくると察したらしい。

栗原さんが駅に迎えに行こうとしたら、みかんの姿が消えていた。慌ててみかんの名を呼びながら探し回ったら、私どもの家の敷地より二軒隣の塀にみかんが繋がれて鳴いていたとか。

その騒ぎを熱海駅で聞いて、どこから逃走したかを、栗原さんとあれこれ思案した。既存の門はすべて南側の石畳に接している。北側は隣家から長い塀(惜櫟荘のリシン掻き落としを含めて)が続いている。だが、北西側には細長い共有地があって複数の温泉管が通り、ために冬でも温かく、野生動物の住処になっている。

もしみかんが、私どもが戻ってくると察知して表に出ようとしたら、その共有地の海側にある崖を這い上がったとしか思えない。

あれこれと考えた末、崖地との境にフェンスを設けることにした。すると土地の工務店の人間が「崖地に工事に入るようなときには、門があったほうが便利だ」と言い出した。

そんなわけで初めて北側にみかん門が出来た。なんとも門だらけの家だ。岩波別荘とわが家が併合したゆえ致し方ない仕儀だ。

さて、七年務めた栗原さんが辞めることになった。歳をとったこともあるが、このところ奥さんの体調が優れずその介護もあってのことだ。

惜櫟荘を維持管理していくためのスタッフも新しく変わることになった。

この度、東京のマンションを処分して、熱海を「終の住処」にすることを決めた。いよいよ石畳がふだんの暮らしの場になる。処分はいいが、一番困ったのは書物の始末だ。数年前のこと、娘が大学の講師を辞める決意をした。チョークの使用と本の埃などで喘息の発作がだんだんひどくなったからだ。

その折、私と娘が二代で買い集めたスペイン関係の本、特に闘牛関係の本をスペインに関わりのある大学の図書館に一括寄贈しようとした。だが、スペースがないという理由でどこからも断られた。

今回は、時代小説の資料だ。熱海と東京で二重の本もあり、思い切って知り合いの古本屋で処分した。

熱海に運んできた資料を整理しながら、「終活」とはこんな作業かな、と思ったりした。

パリのテロから五カ月も経過しないうちにブリュッセルで再び大規模なテロが起こった。

空港の受付カウンターでの自爆テロだ。さらに一時間後、メトロで自爆テロが繰り返された。このテロで三十五人が死亡し、二百人余の負傷者が出た。日本人二人もこのテロに巻き込まれた。テロリストたちはパリでのテロ決行者と関わりがあるらしい。

二〇〇四年にはマドリッドで列車テロが、その翌年にはロンドンで同時多発テロが発生した。

もはや地球上に安全な場所はないようにさえ思える。だが、人は生きていかねばならない。苦しくても哀しくてもふだんの暮らしが待っている。そんな暮らしを自爆テロという名の暴力で奪い去るのは許せない。

石畳の家で本を整理しながら、そんな散漫なことを考えている。

折しも四月十四日夜、熊本県で大地震が発生した。最初はこの激震が本震と考えられていたが、ほぼ一日後に本震が見舞い、九州を分断する大災害になった。

次から次に事が起こる。

凡々たる日常の暮らしがいかに大切かと思いつつも、なにをしてよいのか分からない。

英雄の死

蜂の季節がやってきた。

惜櫟荘前庭の土手の地蜂シロスジハナバチは未だ活動している風はない。だが、梅雨前から大きなクマバチが活動を始めた。こちらは単独行動で、惜櫟荘の庇や棟に人の指ほどの穴を一日で開ける。

惜櫟荘の庇板や垂木は風雨に晒されて七十年以上が経過し、五年前に全面改築した。その折に素材の強度は調べたが、やはり小口などでは柔らかい部分と硬い筋との差が生じていた。

蜂は柔らかいところに穴を穿つのだ。そこで一時的な処置として蜂が開けた穴を塞ぐことにした。素材を傷めないようにワインのコルク栓を突っ込んでみた。むろん専門家の手が入るまでの臨時的な処置だった。するとクマバチはワインの匂いが好みか、次の日には穴を再び掘り返して開けていた。

もはや素人の手に負えない。

惜櫟荘を今も保全管理する水澤工務店に願い、蜂駆除などの専門家を呼んだ。殺虫剤などが惜櫟荘に染みなどを残すとしたら、蜂を退治しても意味はない。建物の比較的人目に触れない部分に蜂が嫌う薬剤を噴霧して様子を見ることにした。その結果、素材に薬剤が染みなど残さないことが分り、クマバチが穴を開ける建物部分に噴霧した。効果があるとよいのだけど。


最近、惜櫟荘で手を入れたのは、玄関前の前庭だ。建物の北側、リシン掻き落とし壁と建物の間の三角地は西日が当たるせいか、これまであれこれと工夫したが、どうもうまくいかない。

惜櫟荘全面改築の折、私は惜櫟荘新築時の笹を植えてもらうことにした。だが、結局、笹もうまく根付かない。

改めて惜櫟荘の写真を、手に入るかぎり古い順に調べてみると、玄関前の庭ほど様子が変わっているところはない。それだけ植生の根付きが悪いのか、土壌がよくないのか。ともかく写真が撮影された時代時代で変わっている。

私は、岩城造園に相談し、玄関前の庭造りに再挑戦した。

残す植生は竹、櫟、それにハイマツなどごく一部。玄関の雨落ちの溝の渡り石や飛び石はむろん残した。

その代わりに玄関土間から見て、リシン掻き落とし壁の前、櫟のほぼ東側に石を一つ入れることにした。惜櫟荘の翌檜《あすなろ》門から細くうねうねと続く小道上から視界に入ってくる場所の三カ所に熱海の海側の土地でも大丈夫と保証された種類の苔から二種を選んで植えてもらった。そして、笹など間引いた地面には、茶色の小砂利を入れた。

庭の完成からほぼ二カ月、吉野石と苔が織りなす景色は、これまでの玄関前の庭にはなかったもので、広々してすっきりとした。

いささかすっきりとし過ぎたかなと思い、岩城造園のNに素人の感想を述べると、突拍子もないアイデアも含む、いろいろな客の注文を聞いてきたNが、

「もうしばらく様子を見ていませんか」

と軽くいなした。いかにも、庭造りは出来上がったばかりの時には、

惜櫟荘玄関前の庭

「風合い」に欠ける。植生がその土地に根付き、置かれた石が馴染むには歳月を経ねばなるまい。

私は待つことにした。

ちょうどそんな時期、惜櫟荘の全面改築の設計を担当した建築家の板垣元彬から『建築士』という雑誌のシリーズ企画「この人に聞く」の記事を掲載した雑誌が送られてきた。

そこには素人の施主が理解のつかなかった完全解体修復の秘密があれこれ細かく述べられていたが、その中で一つだけ素人の私の興味を引いた新事実があった。

これまで玄関土間の青い石は国内産の伊豆石ではないかと思われていたが、実は「満州青石」であることが分かったというのだ。

惜櫟荘建築時の昭和十六年という時節、当時日本が実質的に支配していた満州から運ばれてきたと知って、わずか三十余坪の建物にさらにいろいろな「歴史」が詰まっていることに驚いた。

古希を過ぎて四年が過ぎ、新聞記事の訃報欄が気になりだした。新聞の頁をめくっては、「ああ、この方も亡くなった」とか、「八十ン歳か、歳には不足はないな」とか、「うーん、五十七か、さぞや無念であったろうな」とか勝手なことを考え、わが余命を

「長くて十年、まあ八十まで生きればいいや」と得心させる、このごろだ。

今年（二〇一六年）の六月三日、ボクシングの元世界王者モハメド・アリ死去のニュースは、全世界に衝撃を走らせた。

アリの、ボクサーとしてだけでなく、ベトナム戦争時の徴兵拒否やそれによるタイトル剝奪騒動、イスラム教への改宗と改名など、己の信念を貫き通した生き方に、全世界が改めて考えさせられた。

そして、人生の後半には別の戦いが彼を待ち受けていた。パーキンソン病との戦いだ。私は、アトランタ・オリンピックの開会式の聖火を不自由な手で捧げ、聖火台に灯すアリに、

「なんと残酷な映像か。周りはそこまで要求しなくてもいいだろうに」

と、どことなく憐憫の眼差しを向けた己に気づき、複雑な想いを抱いたことを思いだす。

私はボクシング通ではない。いつの時代もその時々のスターの戦いをテレビの中継を通して見てきただけのごくごく普通のボクシング・ファンに過ぎない。

アリの戦いを強烈鮮明に記憶したのは、当時世界最強と言われたジョージ・フォアマンと剝奪されたタイトルをかけて戦った試合、のちに「キンシャサの奇跡」と呼ばれる伝説の勝利だ。

当時、写真家として闘牛の取材をしていた私はスペイン南部のアンダルシアのアスナルカサ村に住んでいた。一九七四年の闘牛シーズンは終っていた。二シーズンの間、フルに闘牛を追い掛けてきて、ネガ・フィルムが小型トランク一杯になっていた。

その夜、アリの復活戦があるのは承知していた。テレビをもたない私はマノロ家の買ったばかりのテレビに目を付けた。まだスペインは白黒放送の時代で、アメリカ優先の放送のせいか、スペインでは深夜に放送された記憶がある。

もはやマノロ一家は眠りに就いていた。私だけが、居間に置かれ、音を小さくしたテレビで「キンシャサの奇跡」を見た。

フランコ独裁政権末期、こちらは伝統芸能の闘牛を追って歩いていた。その成果が形になる保証はなにもなかった。いまからふり返れば、闘牛はこの当時、最後の黄金期(近年では動物愛護思想などの高揚で、もはや昔の熱気は感じられない)を迎えていた。だが、その闘牛に魅せられた私の成果を日本の出版界がどう受け止めるか、成算など全くなかった。

アフリカ大陸の一角で催された試合は、大方の予想を裏切って、モハメド・アリの華麗な復活を見せつけた。

「蝶のように舞い　蜂のように刺す」

アリの戦いは長年のブランクを越えて磨きがかかっていた。マノロの家をそっと出ると、村のサッカー場が黒々と見えた。

「勝負しなきゃな」

と思った。私の戦いはこれから始まるのだ。


この年末、オンボロのワーゲンに一家三人が乗り込み、パリへと向かった。二年暮らした村の人たちが私たちの帰国を見送りにきて、二歳半の娘のポケットに「餞別」として百ペセタ札を突っ込んでくれた。野菜、地酒のワイン、生きた鶏までくれて別れを惜しんでくれた。日本がどこにあるのか、見当もつかない年寄りもいた。

私たちは娘が頂戴した餞別をガソリン代にしてマドリッド経由でパリに行き、日本へ帰国した。

羽田空港に到着したとき、東京がえらく暗いことに驚きを禁じ得なかった。第一次オイル・ショックのせいだ。

女房の両親の家に居候した夜、娘が飛行機の気圧の変化のせいか耳が痛くなったと泣き出し、師走の夜、あちらこちらの病院を盥《たらい》まわしにされながら、私は、

「日本で生きて行けるのだろうか」

と不安に苛まれていた。

あれから茫々四十数年の歳月が過ぎ、華麗に舞った蝶は死んだ。

「七十四歳か」

同い年生まれのスーパースターの死に、数日気持ちが塞いだが、アトランタ・オリンピックでの聖火点火というアリの決断は、彼の人生を象徴するにふさわしい、

「最も美しく荘厳の光景だった」

と思い直した。

鶴岡での講演

時代小説の聖地ともいえる鶴岡で講演をすることになった。あえて聖地と言うのは作家藤沢周平の故郷であり、彼の大半の作品の舞台が庄内藩をモデルにした海坂藩、すなわち鶴岡だからだ。

時代小説を書く者にとって、藤沢周平は頂が見えないほど高い嶺だ。とはいえ、熟読したかといえば、さように熱心な読者でも後輩でもない。時代小説を書く以前はただ一愛読者として漫然と周平作品を読んでいたに過ぎない。

だが、時代小説に活路を見出さなければならなくなったとき、私の脳裏に浮かんだのが藤沢周平の作風の転機といわれる『用心棒日月抄』だった。

「あんな小説を書きたい」

と思った。

だが、本を読み返すことはしなかった。そうすれば書けなくなるのは目に見えていた。

ともかく漠然と覚えていた作風をなぞりながら、書き上げたのが『密命 見参！ 寒月霞斬り』だった。

藤沢周平が身罷って二十年、その記念講演を頼まれた。これまで講演依頼は悉く断り、一度もした覚えはない。

理由は人前での話が苦手だからだ。そして、なによりあとで自分の声を録音などで聞かされるのが苦痛だからだ。

小説家には、いくらも話上手はいよう。しかし作家業は基本的には個人作業、私など古女房以外に会話を交わすこともないのが日常だ。ゆえに声が出ない、滑舌が悪い、噛む。三拍子揃っている。

これで講演か、と思った。だが、前述したように藤沢周平は、時代小説へと転機を作ってくれた恩人だ。その恩人の故地鶴岡からの講演依頼を断るわけにはいくまいと思った。

とはいえ講演時間は一時間半と聞かされて、またビビった。九十分も喉がもつのだろうか、言葉が出るのであろうか。

また最近、とみに記憶力が落ちている。いくつか継続中の主人公の名が他のシリーズに混入したことはさすがにないが、脇役の混入や間違いは始終だ。死んだ人間が再び登場したことも何度かある。

まずメモなしでは九十分ももたない、五分だって怪しい。となれば原稿を書いて読み上げるしかあるまい。政治家のように原稿が映る透明なスクリーンが前方左右にあって、話に合わせて文字が移動していく道具でもあれば、様になるだろう。だが、そんなことは無理だ。

ともかく原稿を書くことにした。原稿を書くだけならば、一応専門家、毎日やっている。先方から話の内容にまで指定はない。だが、没後二十周年記念講演に周平先生の話をなしでは済まされまい。ならば、やはりテーマとしては、「周平先生と私」と無難なものに決めて先方に通知した。

了解、との回答を得て、原稿を書き始めたが、私には作家藤沢周平論をできるほどの知識も分析力もないことに気付かされた。となれば私が時代小説に転ずるきっかけになった『用心棒日月抄』に触れるしか途はない。

久しぶりに周平作品を読み返した。まず驚いたのが、『用心棒日月抄』と私の時代小説の第一作『密命　見参！　寒月霞斬り』の雰囲気がよく似ていたことだ。むろん、「あのような小説」を書きたいと思い、漠たる記憶をたどりながら書いたのだから当然似ていて不思議ではない。昔から記憶力には自信がない私だ。それでもあのように似るものか。

藤沢周平が亡くなったのは一九九七年(平成九年)の一月二十六日だ。

現代ものの原稿依頼もとだえて、私が時代小説に手を着けたのはその翌年の春のことだ。

歴史・時代小説の分野は九十年代に、池波正太郎、司馬遼太郎、さらに藤沢周平と、次々にスター作家が身罷り、出版不況と相まってその輝きを失った時期だった。バブルが崩壊した社会の中で、中堅の出版社は、刺激的な作品に活路を求めようとしていた。私にも編集者からその路線での、時代ものを書くならばという条件付きで注文があった。

ある出版社など、その当時亡くなった時代小説家某の作品を見せて、

「この設定で続きを書かないか」

との露骨な依頼があった。むろんその場で断り、帰りのメトロの中で無性に哀しさを覚えたことを記憶している。

中堅出版社を中心に「文庫書下ろし」という出版形態が生まれてきたのはそんな頃だ。このことは以前に触れたので繰り返さない。

中堅出版社にとっても、売れない作家にとっても、「文庫書下ろし」ならば注文をし易く、受け易いという手軽さは魅力的だった。ともかく一発勝負、売れなければそれで終わりだ。出版社にとってあと腐れないのは魅力だったのだろうが、作家にとってはこの一発勝負、あとがない。

講演会場の鶴岡城内にて

私はせっせと文庫書下ろしを「一月に一冊」を目標に書き続けた。スピードが命だから作品の質は問われないなどということはない。二十日で書かれた時代小説であれ、三年かけた作品であれ、読者にとって「小説は小説」なのだ。

ただひたすらコンスタントに新しい「文庫書下ろし」を書き続け、市場に送り出した。予期せぬことだったが出版界が確実に変わっていった。活字本はハードカバーから文庫中心へと明らかに変化した。それに伴って文庫の老舗ブランド感が文庫書下ろしの出現によって薄れていった。

文庫は、作家の誇りであったはずだ。それがいきなり書下ろし文庫になり、老舗文庫と新興出版社の文庫との垣根が取り払われた。大半の読者は老舗の出版社の文庫と新興出版社の書下ろし文庫の差など気にもとめなくなった。

その典型が私自身の体験したことだろう。

売れ行きに伴い、どこの出版社の本であろうと私の文庫本が一つのコーナーに、あるいは平台にまとめて置かれるようになった。そして「佐伯文庫」と、まるで一つのブランドのように呼ばれるようになった。

二〇〇八年頃、文庫ブームの頂点とともに年間売り上げ総数が六百万部近くに上がった。ある出版社にそのことを洩らしたら、

「うちの年間総部数より多い」

と、驚きというか不審の目で見られた。だが、事実だ。こんな数字を挙げ連ねるのは、出版史の裏面として記しておくのも一つの記録と思えるからだ。

そんな頃、角川春樹氏に、

「佐伯さん、どんな作家も旬は十年だよ」

と注意を受けた。

こんな文庫書下ろしが一時出版界を支えていたが、二〇〇八年頃より陰りを見せ始めた。

文庫書下ろしの短いブームは、かつて文庫が誇っていた「古典」のイメージを壊し、紙の本の「賞味期限」を短くした。烏滸《おこ》がましい言い方をするならば、その責任の一端

は「佐伯文庫」、私自身にもあるかもしれない。

文庫書下ろしには功罪どちらもある。功は、無名の作家が比較的容易にデビューできるようになったことか。罪は、かつての「文庫」のイメージを破壊したことだろう。

そんな最中の私は出版界に生き残るのに必死だった。これでよいのか、と自問自答しながら、一月一冊の「佐伯文庫」を出し続けてきた実情の経緯を鶴岡で話すべく草稿を創った。すると文藝春秋社文庫編集部の二人の担当者から「講演会さながらの練習をしろ」との注文がついた。そこで二人の編集者と娘の前で本番同様の「講演会」をわが事務所で催して、あれこれ注文がついた。ともあれ準備を終えた。三人の「身内」を前に恥ずかしながら大真面目にやったのは偏に藤沢周平先生へのオマージュゆえだ。

アンジェイ・ワイダ監督が二〇一六年十月九日に亡くなった。ワイダ監督とは格別な所縁《ゆかり》があるわけではない。

私は日本大学芸術学部映画学科卒業と、この連載で書いた記憶がある。入学したのは、昭和三十七年だ。格別に映画好きかといえば、首を傾げるしかない。なにしろ私が育った時代は邦画全盛時代で、活劇もの時代ものと、お構いなしに見ただけだ。そんな私が大学に入学して最初に見せられたのが世界の名作だ。そんな中にワイダ監督の《灰とダイヤモンド》があった。私にはこのタイトルがすごく斬新で、映画を見せられて仰天した記憶がある。日本映画とはまるで違った作風であり、刺激的だった。

一方で、アバンギャルドを標榜する映画制作研究会に所属し、奇妙な映画制作に関わったことがある。私が北九州市の出身の先輩Aに、「この映画、どんな映画ですか」と尋ねたら、「サド」と一言返事が返ってきた。「さどって、あの佐渡ですか」と尋ね返したら、髭面のAがにたりと笑った。

結局、完成したアバンギャルド映画《鎖陰》を見ても理解できなかった。《灰とダイヤモンド》はすべて理解がついたとはいかないまでも、監督の意図が私のような学生にも伝わって来た。

改めて《灰とダイヤモンド》の制作年度を新聞の訃報で知った。一九五八年だ。ワイダ監督は社会主義政権下でかような映画を制作し、半世紀以上も己の心情に妥協することなく、映画作りに心血と情熱を注いできたのだ。

私は惜櫟荘の書斎にかけられたワイダ監督の絵、「惜櫟荘の雨」の前に香を焚き、合掌した。

イリノイからの手紙

娘から電話で確かめられた。昨年末(二〇一六年)のことだ。

「イリノイ州のジョリエットという町からクリスマス・カードを送ってくれる人に心当たりある?」

家族経営の事務所は東京にあり、私の住まい兼仕事場は熱海だ。私の公私にわたる交際関係は大概娘が把握している。

「イリノイのなんだって」

アメリカの州の一つということは理解がつく。だが、イリノイ州が合衆国のどの辺にあるのか判然としない。ましてジョリエットなんて聞いたこともない。

「差出人はだれだ」

「スー・バルデスさんという女の人」

「覚えがないな。クリスマス・カードなら開封してくれないか」

事務所宛てに届いた便りを披かせた。

「わあっ、古典的なクリスマス・カード。それに手書きの英文の手紙が添えてある」

「読んでくれないか」

「ちょっと癖のある手書きの英文よ。待ってよ」

電話の向こうで悪戦苦闘して読み下す気配が携帯電話から伝わり、

「親愛なる佐伯さんへ　イエス・キリストの祝福された人生で授かった、強く、そして真の神の愛がクリスマス・プレゼントとしてあなたの中に宿りますように」

「なんだ、キリスト教の布教か。信仰心のない人間にクリスマス・カードをくれたものだな」

娘は黙り込んで文章の続きを解読していた。

「お父さん、違う。小田つやかさんの友達からよ」

小田つやかは私の小説の愛読者にしてペン・フレンドだった。

「つやかさんの友達がクリスマス・カードをくれたのか」

闇夜で狐に鼻をつままれたような気がした。つやかは去年の春にシカゴで亡くなった。生前親しい日系女性の友につやかがなにかを託したのだろうか。

「この手紙を私のもっとも近しい友であった小田つやかに代わり、あなたに贈ります。なぜなら私が知るかぎり、彼女は毎年、このようにカードをあなたに送っていたからです」

娘が電話の向こうで翻訳した言葉に私は粛然とした。

私は一度も小田つやかと会ったことはない。だが、この十数年、スーが認めたように毎年クリスマス・カードをもらうばかりか、それ以上に手紙を何十通も書き送ってくれた。それも長文のものばかりだ。私は手紙を通して彼女の人生を承知していた。

初めてのつやかからの手紙は、『居眠り磐音江戸双紙』を刊行する出版社気付けで私の手許に届いた。愛読者の手紙にしては長文だった、その上古風な言いまわしで、水茎の跡も美しい和語だった。

つやかはシカゴの剣道場で剣術を楽しむ日系一世の女性で、『居眠り磐音』の中の剣術さばきを仲間とともに再現しようとするが、なかなか難しいと書いてあった。

それはそうだろう。私は剣術の経験がない。偶々《たまたま》時代小説に活路を見出さねばならなくなって、時代小説に手を染めた人間だ。それも文庫書下ろしという出版形態で書いてきた小説家だ。想像力の中で表現した剣さばきが剣術の基に則っているはずもない。それにしてもシカゴの剣道場（二軒もあるそうな）で、アメリカ生まれの日系人たちが、坂崎磐音（主人公です）の使う剣術を真似ている光景を思い浮かべておかしかった。

そんな剣術仲間の大半が、日本語は片言が喋れても読み書きはほとんどできないという。そんな中で日本語の小説を読みこなすつやかは格別な存在であり、日本から届いた手紙が理解できなかった仲間には、つややかが英語に訳して内容を告げるのだと書いてきたことがあった。

愛読者への手紙には簡単な礼状にとどめてきた私が、日本の出版事情や近況などを記した返信をシカゴのつややかに送った。

それがきっかけで小田つややかからしばしば手紙を受け取るようになった。一方、私はといえば、三度に一度といいたいが五度に一度くらいの割合でしか返信を書けず、時に日本の時節の食べ物(以前は食べ物も比較的自由に郵送できた)などを送って、返信の代わりにしてきた。そして、お返しにつややかからもチョコレートなどが届いた。

小田つややかは手紙の文章などから推測して私より十歳ほど年上と思えた。すでに娘や孫たちもいて、シカゴでの「楽隠居」暮らしと思えたが、ある時期から自分の半生を書き送ってくるようになった。

それによれば、戦後間もなく渡米して苦労を重ね、日系二世の夫との浮き沈みの激しい半生であったことが淡々と認められていた。

例えばスペインを舞台にした私のミステリー『ユダの季節』を送った(アメリカでは手に入らないというので)ときのことだ。礼状に、ガンの手術をするために入院したことが認めてあり、自分の家族の歴史と『ユダの季節』の世界に重ね合わせてあれこれ書いてきた。

「娘婿の父はスペイン市民戦争の折、義勇軍として参戦し、私の夫もアメリカ生まれの日系人二世で、四四二部隊の生き残りの一人でした。ヒトラーの塹壕で嬉しそうな〔表情で〕撮ったスナップを見せながら、いろいろと話をしてくれました」

つやかは私がスペインに住んでいたことを承知していた。

当時のスペインはフランコ独裁政権の末期であり、作家ヘミングウェイらが参戦した市民戦争の時代はすでに過ぎ去った日々であった。それでもつやかの娘婿の父親が義勇軍の一員であったと手紙で知らされたとき、私にはショックだった。

歴史は葬り去られるものではなく語り継がれるものだと、考えるからだ。

ハワイやアメリカ本土の日系人で組織された第四四二連隊戦闘団(歩兵三八〇〇名)は、ヨーロッパ戦線に送られたが、イタリアやドイツ各地で彼らが見せたその勇猛果敢な戦いぶりは、死傷者のべ九四八六名、死傷率三一四%という驚異的な数字が示しており、叙勲率でもアメリカ最高の部隊ということを私は承知していた。おそらくその原動力は、日系人の十二万人以上がそれまでのキャリアも財産も奪われ、強制的に収容されたマンザナーなどでの生活から元の暮らしを取り戻すべく命を張った結果であろう。

つやかの夫はその四四二部隊の生き残りというのだ。

結婚したあと、夫が何度も凄まじい形相で魘《うな》されることがあったという。揺り起こして質すと、「戦場を思い出していた」と短く語ったという。また、

「なぜか私の周りの日系女性たちは夫運が悪く、私たち女を残して早死にする」と書いてきたこともあった。さらにシカゴ市内から日系人がどんどんと郊外に移住していき、周りは中近東からベトナムや韓国人が多くなって英語が聞かれなくなったことを告げてきた。

つやかは渡米から一度も日本に帰国したことがないという。そんなつやかの楽しみが東京に暮らす妹が送ってくれる本を読むことだった。

一方、私もまたときにつやかに、活字離れが進む日本の出版事情や家族のこと、ネット時代の功罪などを書き送ったりしていた。

そんな交友が十数年にわたり続いてきた。

一昨年の暮れにはクリスマス・カードが届かなかった。そして、突然世田谷に住む妹さんからつやかの死を知らされた。妹さんと娘を通して何度かやり取りしたが、死の模様はよく分からなかった。

そんな折に届いたつやかの親友スー(本名すみ子)からの手紙だった。

「私は彼女の六十年余にわたる親友でした。だから、今、彼女がこの世からいなくなって寂しいです。彼女は私にとって単なる友人以上の存在でした。あまりにも私たちは仲がよかったので、私にとって大事な姉妹のような関係でした。

すべては彼女の存命中のことでしたが、あなたが小田さんの手紙に返信を送り、それが彼女のもとに届いたとき、「佐伯さんからの便りが届いて嬉しい」と喜んでいたときのことを思い出します。〔中略〕

私も彼女と同じ齢に達しました。私は常に彼女のことを尊敬してきました。なぜなら彼女はとても強いハートの持ち主であったからです、同時に他人が困っているときに深い理解を示す、温かいハートの持ち主でした。

私は彼女の不在が　ほんとうに哀しくて、耐えられないのです。だけど、分っています。私にはまだこの世でしなければならない「務め」があるのです。私の孫たち、そして、つやかさんの二人の孫のために生きていかねばならないのです。つやかさんの孫二人は女の子ですが、つやかに次いで母親〔つやかの娘〕をガンで亡くしました」

追伸として英文で、

「私の日本語の筆記はひどいです。だけど、日本語はちゃんと読めますよ（と思います）(*^_^*)〔＝笑顔マーク〕」

つややスーが過ごした六十余年のアメリカ中部での暮らしや交情を想像するとき、重く深い感動に襲われる。

私は年末から年始にかけて、つやかの手紙を拾い読みしてきた。

私たち一家が久しぶりにスペイン旅行をして、何年かお世話になったアンダルシアの村を訪ねたとき書き送った手紙の返信にこんな一文を見つけた。

「二年半ぶり、仲良しの三婆トリオ、今はシカゴからドライブでも二時間近い別の市に住む親友達が、おとずれてくれまして、久方のお喋りと食事を、齢を忘れてさわぎました。三人は六十年余のお付き合いです。友二人はリュウマチや背骨の病で立ち振る舞いなども薬でおぎなう暮らし、昔話だけは、若者に敗けない元気さで、五時間ほどをのんびりと語り合い、又の再会を約して、それぞれの迎えに来られた娘さんと帰ってゆきました」

おそらくこの二人の友の一人がスーだったのだろう。

「トランプ政権」

この原稿を書いている十数日後には、アメリカに、が誕生する。メキシコとの国境に壁を造り、人種差別を公言する人物の政策の根幹は、「アメリカ・ファースト(米国第一主義)」だという。この米国第一主義というのは、一国主義《ユニラテラリズム》、もっといえば白人至上主義であるのだろう。

つい最近の報道では、トヨタのメキシコの新工場を「アメリカに建設せよ、そうでなければ高率の関税を課す」と、他国の企業への脅しともとれる言葉をツイッターに書いた。他人の意見には耳を傾けようとはせず、ただ百四十字以内の思い付きを米国の内外に次々に垂れ流す次期大統領のメンタリティーに慄然とする。

いったいこれまでのアメリカの歴史はなんだったのだろう。

このところアメリカン・ミステリー、C・J・ボックス作の猟区管理官シリーズ、ジョー・ピケットが主人公の『沈黙の森』などを愛読してきた。広大な州土にわずか五十六万人余しか住んでいないワイオミングが舞台だ。この小説で、私の幾分か知るアメリカとは違う「忘れられた内陸部」の存在をなんとなく承知していた。だが、今回の大統領選挙ではロサンジェルスやニューヨークの都会人の考えがすべてではないことをつくづく思い知らされた。それにしてもトランプという人物にアメリカの人びとは未来を託したのか。よくも悪くもパクス・アメリカーナが終ったことだけは確かだろう。

つややかやスーの先祖の日系人たちが命を懸けて購ってきた地位と暮らしが再び悪夢のもとへ帰ることだけは避けてほしい。つややかの手紙を読み返しながら憂鬱にもそんなことを考えている。

七十五年前の惜櫟荘

昭和二(一九二七)年十月二十日に源泉登録された伊豆山温泉十二号泉は、およそ九十年の役目を終え、旧源泉から五メートル西に離れた新源泉、伊豆山温泉百十九号泉に代わることになった。旧源泉の三管構造の温泉管は溶接されて、コンクリートで埋設し使用不能になった。

ちなみに昭和五年の熱海・伊豆山地区の源泉数は八十七であったとか。平成二十七年には四百三十八と大きく増えている。

芦川温泉クラブは、これから新源泉の恩恵を受けることになる。

新旧の温泉分析書を比べても大きな変化はない。泉温六十五・三度、湧出量毎分百九十四リットル、泉質カルシウム・ナトリウム‐塩化物温泉だ。

だが、戦前と大きく異なったのは、旧源泉の芦川温泉クラブの創立からのオーナーがわずか二軒と減り、私を含めて新しいメンバーが大勢を占めることになったことだろう。

またクラブ員数が減少し、その分初期の温泉口数二十三口が十軒に偏在してしまった。

ちなみに岩波別邸惜櫟荘を受け継いだ私は六口と「源泉長者」になったが、温泉の恵みを受けるには、一口も六口も変わりはない。

それにしても替掘作業がこれだけ大変だとは想像もしなかった。

三年余に及ぶ作業の流れからいうと、静岡県環境審議会に新たな温泉掘削(替掘)を申請し、工事着工届を提出後、仮設・段取工事、掘削工事、孔内物理検層、揚湯試験願提出、揚湯工事などの順を経て、作業が進むはずだった。

ところが海岸近くの新源泉掘削が十メートルに達したとき、作業が突然停滞した。

替掘作業はうちの敷地に隣接した芦川温泉クラブの共有地で行われるから、その進み具合が分かる。なにしろ惜櫟荘番人は、大の普請・工事見物好きである。わざわざ母屋から掘削現場におりて進捗状況を「点検」する。

いつもにこやかな作業員の四人の顔にも言葉にも、焦りが見られるようになった。機械掘りの先端部分は水といっしょに掘削を進めるのだが、「水がすべって」掘り進めないという。

うちの惜櫟荘完全修復をなしたとき、敷地のあちこちにボーリングをして地層探査を行った。旧源泉の隣地に管理人詰め所を建てるために試掘中の場所から七、八メートル離れた場所でボーリングをしていた。その折の地層検査書を提供すると、今回の新源泉替掘の責任者Tが「う、うーん」と唸った。直径一メートル以上もありそうな岩が重なりあっていることを示していた。

熱海地域を含む伊豆半島のすべてが火山噴出物で構成されている「火山半島」だ。数千万年前に海底火山として始まった地層が伊豆半島の基盤となっているのだ。また地表に現れている地層は、第四紀(およそ二六〇万年前)のものと解釈される。途方もない歳月をかけて出来上がった地層は、それなりに安定しているのだろう。

だが、わが源泉は相模灘の海岸線で、熱海市門川から熱海市東海岸町までビーチライン(正式名称・熱海海岸自動車道)六・一キロが走っている。国道一三五号の渋滞を解消するために有料道路が開通したのは昭和四十(一九六五)年のことだ。

源泉はこの海岸線にあった。ゆえにビーチライン工事のために整地が行われて、海岸であった辺りに岩が埋められたのではないか。そのために地盤が安定していないのではないか、と素人の私は推測した。ボーリング調査のスタッフともそんな話をした覚えがある。

ともかく「水がすべって」機械掘りが停滞して一月余りが無為に過ぎた。Tはついに機械掘りを諦めて、人力で岩を砕いて掘り進める「深礎《しんそ》掘り」に掘削法を変え、青森からその専門の職人が呼ばれた。

暑さの残る秋口、深さ十三メートルの地中の竪穴に入り、作業を続けるのは閉所恐怖症の人には想像もできないだろう。だが、彼らは不安定な岩盤を手掘りで掘り進めることと一月、ふたたび機械掘りに戻ることができた。それにしても世の中には、特別な技能を持つ職人がいるものだ。

機械掘りに戻ったら順調に作業は進行し、深度二百メートル付近で泉脈にぶつかった。

ドラム缶からあふれる湯

私は地中に「湯の池」のようなものがあり、それを掘りあてる作業が温泉掘削と考えていた。だが、そうではなく毛細管のような泉脈を探り当てることだとTから教えられた。

「そりゃ、簡単ではないわ」と地下二百メートルのドラマを想像した。ともあれ探りあてた泉脈から安定的に供給できるかどうか、年が明けた平成二十九年二月二十四日に新温泉の採取が行なわれた。

その場に私も立ち会ったが、ドラム缶に新しい湯が圧倒的な勢いで流れこむ光景に感動を覚えた。

かくして三年がかりの替掘作業が完了した。

そんな最中、この連載の編集者T女史から一つの申し出を受けた。一路居士の掛け軸の贈呈だという。だが、私は一路居士が何者か分からなかった。その掛け軸は惜櫟荘と関わりがあるのだろうかと女史に尋ね返したほどだ。ともかくご覧に入れるということで、その日を待つことにした。

一路居士について調べてみた。

本名馬場一郎、明治二十一（一八八八）年に群馬県高崎に生をうけている。一郎は、十七歳で上京し、中国貿易商の晩翠軒に就職し、書画・陶器などの見識を磨いた。二十三歳で晩翠軒を退職し、独立している。文人墨客との交流が深まった二十六歳の折、夏目漱石に「和風堂」の屋号を命名してもらっている。この馬場一郎が、一路として観音画を描き始めたのが四十二歳とか、その生涯に三万三千八百八十七体の観音画を描いている。おそらく独学で絵を学び、描くことによって画風を確立したのであろう。

この一路居士がどんな関わりで惜櫟荘を描いたのか。

女史から掛け軸を見せられた瞬間、「嗚呼」と唸った。

私には山水画の良し悪しの判断はつかない。惜櫟荘の番人に就いて以来、金沢や京都で何本か掛け軸を購った。どの折も画家の名で選んだことはない。いや、画家について説明されても無知なのだからどうにも致し方ない。ただ惜櫟荘の和室と洋間の床に合うかどうか、飾ったら面白いのではないかという直感での選択をしてきた。

だが、こんどの場合は全く違った。直感もなにも戦前の伊豆山の一角に惜櫟荘が、庵が描かれているではないか。

即座に「頂戴」しようと思った。掛け軸の持ち主は小林尭彦氏、小林勇の嫡子だ。小林氏にお礼も申さず、そのまま絵を熱海に持ち帰ったほどだ。

翌日、惜櫟荘の洋間の高床にかけた。一路居士がこの高床に掛けようと考え、描いたのだ、サイズはぴたりだ。

さて「櫟廬《れきろ》畫《が》稿《こう》」と題された掛け軸を描くために一路居士が惜櫟荘を訪ねたのは「壬《じん》午《ご》」、昭和十七年であることを示していた。

岩波茂雄と一路居士が親しかったのは、昭和十七年九月六日、一路居士が北軽井沢は六里ヶ原の岩波別邸に逗留して詩作に興じたことでも分かる。

その同じ年に「櫟廬畫稿」が描かれたことになる。

まず戦前の「櫟廬」、ただ今では、「惜櫟荘」として定着した岩波別邸が描かれたものに、私は初めてお目にかかった。小林勇によれば、

「居士の運筆はたいへん速かった」

そうだが、この「櫟廬畫稿」も早描きを示して、流れるような筆遣いだ。

山水画の真ん中に惜櫟荘が山家のように描かれて、洋間に書き物机と籐の椅子(?)が描かれている。そして、沓脱石も櫟も貴船石もきちんと描写されている。絵の下部には、

新築当時の惜櫟荘

相模灘の波に洗われる岩場が三つ四つ姿を見せて、岩場の上に惜櫟荘の表門である翌檜《あすなろ》門が、そして、そこから松の間をうねうねと細い道と石段が山家の玄関へと続く景色が描写されている。

櫟廬の上部には「伊豆山」の突兀《とっこつ》とした斜面と頂が空に抜けている。

相模灘の海と崖地に立つ櫟廬と伊豆の山並みを一幅の山水にした画人は、想像の中で素材を取捨選択したであろうことは容易に頷ける。だが、翌檜門から続く崖地の自然環境は、けっこうリアルだ。

一路居士が漁り舟を海に出して、そこから見た光景をかなり忠実に再現しているように思えてしようがない。

こんな自然が戦後のある時期まで残されていたのは、芦川温泉クラブの創立メンバーのIの記憶とも合致する。また私が以前「惜櫟荘だより」に記した岩波淳子の思い出、惜櫟荘に泊まると海から海女の息継ぎが聞こえてくるといった話をも彷彿させる。

伊豆半島の渋滞解消という名目があったとはいえ、熱海の海岸線が消えたのは実に大きな損失だと思う。そのことを「櫟廬畫稿」は教えてくれる。

惜櫟荘ならではの「宝」が一つ増えたことに間違いはない。

越南再訪

前回ベトナムを訪ねたのは六年数カ月前、東北大震災の年だった。ついでに言えば、私が前立腺ガンの手術をした年でもあった。今年の人間ドックでも前立腺ガンの基準値PSAは、〇・〇一五だからまあ完治したということだろう。ガンの完治を寿ぐ意味ではないが、前回訪ねなかったベトナム最後の阮朝の都フエを見たかったのだ。

羽田発ホーチミン経由、国内線に乗り換えて北へと戻った。ベトナム中部に位置するフエは暑い。そして湿気が凄い。ふうっ、と飛行場の外に出たら溜息が出た。ホテルはいつもの三条件に照らして娘に取らせる。

一　川沿い(あるいは海沿い、または湖沿い)

一　クラシカルなホテル(創業から最低百年は経過した宿)

一　中庭があってガーデン・カフェあり(プールはあっても、わが家族には要なし)

となるとフエでは一九〇一年創業のサイゴン・モリンしかない。かようなホテルは優雅ではあるが設備は旧式、よき面と悪しき面が同居している。そして、最初に応対してくれたスタッフの印象が結構後々まで残り、結果を左右する。

ホテルの玄関前で車を迎えてくれたのはアオザイ姿の若い女性。

「よくいらっしゃいました」

と日本語の挨拶であった。なんと独習で日本語を学び、私たち一家が日本からと知ると実践の場とばかり、真剣に応対してくれた。となるとサイゴン・モリンの評価は、まずは星一つ獲得というわけだ。


私の部屋からフォーン川を望み、フエの象徴ともいえるチュオンティエン橋が眼下に見えた。流れを挟んで、阮朝王宮やフラッグ・タワーが眺められ、絶景かな、絶景かな、と呑気に呟いたが、このフエ、ベトナム戦争の折の激戦場で、王宮は完璧なまでに破壊された古都だということを私は承知していた。

日中は暑く、湿気が凄いので、空調の効いた部屋から橋の往来を眺めて過ごすことにした。なかなかの交通量だ。

今回はフエの他に以前訪れたホイアン、そして、ホーチミンの三カ所を順に南下しながら訪ねる。その三都市に共通しての感想だが、乗り物が確実にきれいになった。六年前には、「ホンダ」と呼ばれるバイクに一家五人で乗ったり、豚を何匹も重ねて積んだり、中には後部席の男が洗濯機や大きな鏡を担いでいたり、と想像を絶するサーカスまがいの光景が見られたが、まずそんな風景は消えて、一家に一台ホンダ時代から一人に一台ホンダ時代が到来していた。

チュオンティエン橋を往来する皆さんも新型バイクに乗っている。だが、例の日本語娘に事情を聞くと、就活の際、

「ホンダは持っているか。持っていなければローンを組んでやるから買いなさい」

と「強制」されるという。

というのもベトナム全体に言えることだが、公共交通が未発達だ。せいぜいバスだが、いつくるか分からない。ゆえにバイクは必需品なのだ。ああ、そうだ、ホーチミン市では現在、日本の開発援助を受けてメトロの工事が行われていた。開通は三年後の二〇二〇年とか。

ようやく日が落ちて三人でホテルの外に出た。

フォーン河畔をぶらぶらと散策すると、屋台の夜店が並んでいた。ココナツの実や甘味、アイスキャンデーの類、あらゆる食いものが売られている。値段はどれも四つくらいゼロが並んでいるが、日本円に換算するには、大まかだがゼロを二つ省いて、残りの数字を二分の一にするとよい。

フォーン川右岸のフエの市場にて

例えばこの土地名物のブン・ボー・フエ麺は屋台ではおよそ二万ドンだから百円ということになる。ポーク、ビーフ、エビのすり身団子が載り、たっぷり野菜と香辛料の効いた名物が、屋台ではこんな値段以下で食べられる。

夜のフォーン川を彩る派手な観光船カー・フエに乗ってみた。流れを上下しながら宮廷音楽を楽しめるという遊覧船だが、私たち一家だけが外国人で、他の乗客はすべてベトナム人だった。そんな三十人ほどが右舷側と左舷側にきっちりと分かれて座らされた。音楽が始まると、左組はやたらに興奮して歌が終わるたびに人気の証しの花(むろん金を払って船内で買う)を女の歌手に捧げている。だが、私たちが座った右組は、携帯を見たり、おしゃべりをしたり、全く音楽に関心がないようで、私たちも右組に入ってよかった、と安堵した。

左組はフエ近郊のグループらしい。だが、わが右組はハノイから来たという。関心の有無はこの地域差らしい。

そのとき、ある事実に気付いた。

六年前のベトナム訪問との違いは、ベトナム人が旅をし始めたということだ。ドイモイ(刷新)政策から三十余年を経て、国全体の暮らし向きが向上し、国民諸氏も気持ちに余裕が出てきたということだろう。

遊覧船に乗ってよかったのは、水上からライトアップされたチュオンティエン橋を眺められたことだ。この鉄筋の橋は、一八九七年にフランスによって架設されたものだ。設計はパリのエッフェル塔と同じ、ギュスターヴ・エッフェルだそうな。二つの建造物は垂直と水平の違いこそあれ、よく雰囲気が似ている。

遊覧船を下りた途端、スコールが降ってきた。

私たちは急ぎ橋の袂のホテルに駆け込んだ。そして、わがホテルから見れば、スコールの中に端然と架けられたチュオンティエン橋が眺められた。わざわざお金を払って橋を見に行く要もなかったか、そんな考えが胸の中にちらりと浮かんだ。でも旅の醍醐味は、人いきれや食いものの匂いや突然降り出したスコールに打たれることではないか、そう思い直した。

翌朝、中庭で朝食を摂った。ブッフェ・スタイルでベトナム料理から西洋料理まで品数が揃っている。私どもの隣のテーブルはフランス人のビジネスマン風の一人客だった。周りでは朝食を摂りながら商談をしている組も見受けられる。不意にフランス人が自国語でなにかを訴えた。丸テーブルにベトナム人ツアー客の一人と思える年寄りがフォーの丼をどんと音を立てて置き、フランス人に向かい合って座った。

周りにはいくらも空きテーブルがあった。

フランス人は、「ここは私の席だ」と文句をつけた様子だった。だが、サイゴン・モリンとはいささか不釣り合いの体《てい》の老人は、平然としたものだ。フォーを啜りながらフランス人を見ることもなく、手首を曲げた片手を突き出すように上げて、

「まあまあまあ」

といった調子の挨拶をした。

えっ、と驚いた様子のフランス人が、だれかに訴えたくてきょろきょろし、最初から経緯を見ていた私たちに無言で、「これはないよね」という表情をして見せた。私たちはフランス人に同情しながらも笑いを堪えるしかなかった。

旧宗主国のフランス人のマナーは、ベトナム人の爺ちゃん一人に封じ込められた。

旅は異文化のぶつかり合いだ。独り静かに本日のビジネスの進め方を考えていただろうフランス人の完敗だった。こんな風景をあちらこちらで見かけた。

再訪のホイアンでは満月の夜のランタン祭に合わせて日程を組んでいた。

その夜、私たちはホテルの受付でそれぞれ紙舟と蠟燭を貰って、ホイアンの中心部に向かった。だれもが紙舟を持っているところを見ると、ただ今のホイアンの流行が灯籠流しらしい。

宵闇の頃あいからスコールが猛然と降り出した。灯籠舟を売る男も女もビニール合羽の売り手に変わった。いつ止むとも知れないスコールだ。

私たちは雨に打たれるホイアンのランタンを見ながら、小降りになったときを見計らい、ホテルに戻った。三人して流すべき灯籠舟を手に持っている。ホテルのスタッフは、手にした紙舟を見て事情を察したようだ。蠟燭をもう一個ずつ渡し、このホテルの前から流されたらどうか、と言う。

小雨になったところで三つの蠟燭を載せた紙舟をそれぞれ流した。だが、ホイアンの中心部より下流のホテル付近も護岸工事がされており、蠟燭が消えぬようにと静かに落とした紙舟三つは、護岸にへばりついたまま動く気配もない。むろん上流では灯籠流しを諦め、わがホテルの前まで辿りつく紙舟は一つとしてない。

一時間後、娘がわが部屋のドアをノックして「流れを見て」と言った。

トゥーボン川の流れに一つだけ紙舟が浮かんでいた。

「あの明るさはおれたちが流した紙舟だ」

私たちはそう確信した。

ゆらりゆらり
とスコールが上がった流れを漂う紙舟に、最近あの世へと旅立った友の面影を重ね合わせた。

気分転換の「船旅」

今年(二〇一七年)の惜櫟荘のなりものは葡萄と柘榴《ざくろ》が豊作で、オリーヴ、柿、柑橘類、梅、山桃は不作だった。天候不順というより、

「良い年もあり、悪い年もある」

というのが自然の恵みだろう。

葡萄は七、八十房収穫があって、ご近所さんに配って回った。この界隈、どの家も夏蜜柑など柑橘類の木はある。だが、無農薬自然栽培の葡萄は珍しいし、それなりに甘い。どちらでも「美味しい」と喜ばれた、と家人が言っていた。

いささか心配なのは、松くい虫におかされた松がこの石畳界隈で現れたことだ。春先、茶色に枯れ始めた一本の松を見つけ、その家に注意すると、植木屋を呼んで枯れ松を伐採した。だが、ただ伐採しただけのため、隣の松に伝染したようで、市役所など関係各所に連絡して抜本的な対応を願っている。

惜櫟荘の庭木の王様は、百本近くの松だ。

これらの松の予防措置として、二、三年に一度、樹幹注入剤を一本一本の松に、病人に点滴でもするように投与し、時には防虫剤を散布している。ゆえに惜櫟荘の松は、ただ今のところ元気にしている。

松くい虫病の原因、マツノザイセンチュウに侵されそれが増殖すると松脂の滲出が減少するというので、暇を見つけては松脂が松から滲み出ているか、観察して回っている。

惜櫟荘の番人もなかなか多忙なのです。

今年の夏は格別天候不順で雨が多かった。また気温の変動が激しく、何度も繰り返した。このせいだけではあるまいが、松だけではなく私も秋に入って夏の疲れがどっと出た。いつもの年よりも厳しい。

午前四時、定時に起きていたものが、この数年、三十分遅れの四時半にならないとベッドを離れられなくなった。今年は飼犬みかんの散歩時間の六時まで眠り込んでいることがあった。

頻尿のせいで熟睡ができないのだ。以前はトイレに起きてもすぐに眠り直すことができたので、頻繁な起床もさほど気にならなかった。また六年前に手術した前立腺ガンは、三月に一度定期的に血液検査をしているが、正常値を保っている。ということは、加齢がもたらす夏の疲れと考えざるをえない。

このところ新作を書くペースを年間十一、二本に減らしている。だが、一方で完結したシリーズ二本の手直しを同時並行でやってきたために新作プラス十五、六冊の完本二次出版の直しが加わり、机の周りにはゲラ原稿がつねに何本か、溜まっている。

なぜかような真似を七十五歳の私がやらねばならないか。出版物の売上げは文庫が三割を占めるという。それなりに数字が読める作家は無理を強いられる。出版不況極まれり、文庫書下ろし作家が身罷るのが先か、出版界が消えるのが先か、チキン・レースの様相を呈してきた。

「趣味や道楽で気分転換を積極的に図りなさい」

と、掛かりつけの医者はいう。さらに、

「趣味はゴルフですかね」

と踏み込んだ問いをなす医者もいる。

だが、私には趣味らしき趣味はない。時代小説に転じた折、崖っぷちに立たされた己の立場に気付かされ、同時に出版不況の深刻さを考え合わせたとき、

「こりゃ、趣味も道楽もあるものか、付き合いどころではないぞ」

と覚悟を新たに、ひたすら書く作業に専念することにした。

そんなわけで元来、人付き合いが下手な人間がいよいよ内向化していった。もっとも、小説家活動は個人作業、「孤独」に耐えることが大事な資質の一つと思っている。ゆえに原点に立ち返ったといえないことはない。

さりながら時代小説に転じたころの体力は失せ、「二十日に一作」と己に課していたルーチンは、後期高齢者のただ今では「二十五日に一作」と変わっている。

惜櫟荘洋間で至福のひととき

私の日課に犬の散歩がある。みかんの朝夕二度の散歩係だ。和犬のせいか、躾を怠ったせいか、家の中では絶対に用便はしない。おしっこは庭でしても大きいほうとなると、外に行くしかない。大雨でも車で貫一お宮の像のある市営パーキング場に行き、そこから三十分余、散歩してその最中に用を足す。

この犬の散歩を趣味というならば、癒されているのはみかんであって、私は糞拾いをしているだけだ。これを「趣味」と呼べるのだろうか。

読書は嫌いではないが、当人が物書きになった時点から、他人様の作品を素直に楽しむことができなくなった。つい自分が書く読み物と読み比べてなどと考えていると、読書が楽しみではなくなった。ただ、今もコンスタントに読んでいるのは、ヨーロッパを舞台にしたミステリーが多い。特に北欧系とイギリス系の作品だ。されど、小説家が同業者の小説を読むのを「趣味」です、とも答え難い。

いまさらながら、なにかないか、と考え込んだ。

医者が忠告したのは趣味、道楽うんぬんよりも「気分転換」に力点があるはずだ。ならばなくもない、と思い付いた。

わが家には雨の日でも運動ができる「雨天体操場」がある。

二階のベランダには強化アクリル板の屋根があり、そこからはオリーヴ、梅、枝垂れ桜などの庭木の向こうに相模灘が広がっている。天気のよい日には初島は当然として大島まで望める。

このベランダを私は、「雨天体操場」と呼んでいるが、仕事の合間にこのベランダで、どすんどすんと足踏みをする。一日一万歩を目標にしている私にとって、朝夕のみかんの散歩だけでは足りない。

そこで初島行のフェリーが熱海港を出港するのを合図に足踏みを始めるのだ。ちなみに熱海・初島間は十二キロ、イルドバカンス号とイルドバカンス・プレミア号の二隻が就航している。

　この「雨天体操場」から熱海港の発着状況は見えない。だが、熱海湾から相模灘に出たあと、初島へと航行する十二キロの八、九割ほどの船旅が見える。

　大体、「雨天体操場」に立つ刻限は二時前後だ。熱海港発十四時十分のイルドバカンス・プレミア号の白い船体の航行に合わせ、足踏みをしながら、初島への航海を楽しむことになる。天気が良い日にはカモメが乗客の投げる餌を求めてデッキ上を飛びかっているのも見える。

　どすんどすんどすん
　フェリーといっしょにおよそ三十分の船旅、三千数百歩を稼ぐ。

　ほぼ毎日足踏みをしていると、フェリーの航海ルートが微妙に違うことに気付く。風の具合、潮目、さらには漁船やプレジャーボートを避けるためにルートを変えるのだ。また季節や一日の時間によって相模灘の海の色合いが微妙に違う。見ていて飽きない。「足踏み航海」のよき点は、船に弱い筆者でも船酔いをせずに済むことだ。この気分転換、趣味と呼んでいいのでしょうかね。

　『図書』二〇一七年十月号のこぼればなしの欄に、第一五七回直木賞を『月の満ち欠け』で受賞された佐藤正午さんの授賞式欠席の弁というか、決意表明が載っていて大いに得心した。

「身を削って仕事を続けてきた働き者の作家は、若い頃の無茶がたたって、身体のあちこちにガタが来るものだと思います」

という発言のあとに、

「慣れない長旅が原因で、地元に戻って仕事ができなくなるというのでは、元も子もありません」

と生活スタイルを変えることにより、今後の創作活動に支障をきたすことを恐れ、東京での晴れがましい授賞式を欠席し、佐世保に留まったというのだ。

佐藤正午さんらしいと思った。

いえ、誤解なきように申し上げますが、私、佐藤さんとは一面識もございません。ただ、佐藤さんが処女作『永遠の1／2』を集英社から刊行されたとほぼ同じ時期、私も同じ出版社からノンフィクション・デビューを果たしたという「関わり」だけなのです。なんとなく「同期生」「戦友」との思い込みは偏にこちらの勝手です。そして、このコメントを読んで、己のスタイルや生き方に拘る作家魂(このような表現はお嫌いじゃないかと推察します、私も嫌いです。でも、ほかに言葉が見つかりませんでした)に共感したのです。

三十数年前も多くの作家がいろいろな形でデビューしました。ただ今現在の出版界に生き残っておられる作家は何人でしょうか。筆を折って転職した者あり、交通事故で亡くなった人あり、病死した人士あり、中には自裁した作家もいます。

かような出版不況の最中、三十年以上も健筆を揮われ、瑞々しい文体に磨きをかけておられる佐藤正午さんの生き方にただただ敬服して、かような文章を連ねてしまいました。お許し下さい。

ナポリを見て死ね——南伊紀行(一)

ナポリとシチリア島を旅した。イタリアはこれまで十回は訪れているだろう。だが、ローマ以南のイタリアは初めてだ。この南イタリアに十泊をなす。最初に立ち寄ったパリに一泊半(早朝にパリ着でホテルを前夜から予約していた)、羽田・パリ間の機中泊を加えて都合十三泊半の長旅となった。

この旅に際して日本製の軽いトランクに変えることにした。後期高齢者になり、重いトランクを持ち運ぶのが辛くなった。衣類も使い捨てばかりを詰めた。これで十三・五キロだ。

機会あるごとに愛読する内田百閒の『特別阿房列車』の冒頭に、

「汽車の中では一等が一番いい。私は五十になった時分から、これからは一等でなければ乗らないときめた。そうきめても、お金がなくて用事が出来れば止むを得ないから、三等に乗るかも知れない。しかしどっちつかずの曖昧な二等には乗りたくない」

とある。

その顰《ひそみ》に倣ったわけではないが、七十過ぎたら長時間飛行は、ファースト・クラスにしようと思った。あちらは夏目漱石門下の文章の達人、こちらは時代小説文庫書下ろしの成り上がり者だ。引き合いに出すのも畏れ多いが、一度くらい百閒先生のご高説に倣ってもよかろうと不埒なことを考えた。

ともかく文庫書下ろし時代小説、「月刊佐伯」で稼いだお金はある。というわけで、使い捨ての下着を詰めたトランクを預けて飛行機の「一等」に乗った。もし事故に遭ってトランクの持ち主の身元を調べられることがあるとしたら、イタリア警察はこのトランクの持ち主がファースト・クラスの客とは思いつくまい。

十一月初めのパリからナポリへの飛行中、雪を頂いたアルプスがはっきりと見えた。幸先よし。昼前のナポリの空港を出ると、溢れる光と迎えの運転手の陽気なおしゃべりが出迎えてくれた。

ナポリ湾を望む古いグランド・ホテル・ヴェスーヴィオの三階からパルテノペ大通をはさんで眼前に武骨な卵城、カステル・デッローヴォが見える。

おしゃべりな運転手によると大通は、救急車や客を送り迎えするタクシー以外に車の出入りを禁じ、歩行者優先にしたせいで、「おれたちは遠回りさせられる」そうだ。だが、数多の観光客の訪れるナポリの大路を人間優先の散歩道にしたのは正解と思える。私が住む熱海の国道一三五号(パルテノペ大通のほうが何倍も広い)を恒常的に散歩道にするなんてことは考えられないだろうな?

早速ヴェスーヴィオ山に向かって広々とした散歩道を歩く。気持ちが清々する。だが、えらい間違いをおかしたことに気付いた。日向はいいが、日蔭に入るとひんやりして長旅の疲れも加わり、風邪を引きそうだ。パリで着ていた極暖が売り物の下着を上下ともに脱いだせいだ。

「ううぅ」、「どうしたの」、「寒い」、「呆れた。極暖下着を脱いだの?」と娘に叱られたが、ホテルに帰るのは面倒くさい。ともかく日向の通りを選んで歩く。

旅に出て、名所旧跡寺社仏閣見物を目当てにする人がいるが、私どもは由緒ある場所にはなるべく足を向けない。ただ目的地もなく歩く。疲れたら第六感で決めたカフェに入り、地元ビールかカフェ(南イタリアではカフェと頼むとエスプレッソと水が出てくる)を頼み、ドッグ・ウォッチングをなす。ところがカフェを探し当てる前に、ガシャン、と物がぶつかる大きな音が背後でした。振り向くと、えらく古ぶるしい日本車のバンパーが車の前部から落ちかけていた。どうしたらこうなるのか、一見しただけでは理解不能だ。車から下りてきたナポリ男がバンパーを強引に引きはがし、私たちに気付いて、照れ笑いしながら怒鳴った。「おい、日本人、トヨタの社長に言っておけ。欠陥車

バンパーの落ちた日本車

を造るのは止めておけとな」、「はいはい」と聞き流したものの、この石畳路で乱暴に乗ってきたツケもあり、三十年もののトヨタが責めを負う理由はないな、と思いながら、「ナポリ、よし」と思った。

ナポリを歩いてみての第一印象は、ラテンの親切心とユーモアと田舎臭さが混沌と適度にまじり合い、私には「魅惑的な町」だということだ。そして、ラテンらしく「男文化」だと思えた。ちなみにナポリのファッションは断然男性優位で、女性ファッション店を見つけるのはなかなか難しい。男性ファッション優位の理由は、その昔イギリス貴族がバカンスにナポリに来て、この地で洋服などを仕立てる際、きびしい注文をつけたために技術が向上して、いまに至ったというのだが、真偽のほどは知らない。

十一月初めのナポリはクリスマスを前に諸々の仕度が始まったところだった。そんな時節、名所旧跡をパスするわれらだが、一応ドゥオーモには敬意を表して訪ねることにした。

だが、大聖堂より前に関心を持ったのは、独創的なクリスマスの飾りつけの材料だ。このナポリではクリスマス・ツリーよりクリスマス飾りが大事らしい。それも出来合いを購うのではなく、各家庭で手作りするらしく、その素材となるのがコルク樫の樹皮だ。ワインの栓でおなじみのコルク樫の樹皮そのものが大量に売られている光景を私は初めて見た。それもちまちました売り方ではない。大きな台車に大盛に積み上げて売っていた。一キロ三・五ユーロ、日本円で四百六、七十円ほどか。各家庭がクリスマス飾りにどれほどのコルク樫の樹皮を浪費するのかしらないが、店のウィンドーに飾られているのも大小さまざま、凝りに凝ったコルク樫の家にイエス・キリストやマリア様がイルミネーションとともに鎮座しておられる。

昼食をピッツァ・マルゲリータの発祥の店ブランディで食したとき、その窓に飾られているクリスマス飾りを、五歳ほどの男の子がガラス窓に顔をくっつけて、私たちが昼《ひる》餉《げ》を終ってもまだ見入っていた。

宗教的儀式や祭礼を待ちこがれる子どもがいる光景は、私の幼少期にはなかった。真珠湾攻撃からほぼ二月後に生まれ、物心ついたときは空襲と疎開の記憶しかなく、腹を空かせていた思い出しか残っていない。

ナポリの最初の夜、雨が降った。卵城を背景に内港に停泊したヨットやレジャーボートに降る雨は、しっとりとしてなかなかよい。おそらくこれがハイ・シーズンならば感じ方が違うだろうが、なにしろ十一月だ。私たちにとっては土地の人びとの暮らしが見えるのがいいし、目当てのレストランに入っても待たされることはない。

ナポリ二日目の夕餉、土地の人に評判のレストラン・マリーノに予約して訪ねると私たちが一番の客だった。二番目の客は、常連の独り者と思える壮年男性だ。独り者と推測したのは、金曜日の夜に孤食であり、その注文から察したのだ。ビールのジョッキのつまみにムール貝、そのあと、具なしのパスタに白ワイン。老舗の蕎麦屋に入り、もりをあてに冷酒を飲むような雰囲気で実にカッコよかった。これで支払いは五ユーロでした。いえ、ヒューマン・ウォッチングも物書きの大事な「取材」なのです。

「お父さんはどこのレストランに入ってもリゾットしか注文しないのね」と娘がいつも文句をつける。それぞれの店でリゾットの具材や飾りつけや味が微妙に違うのだ。一日に二度食べても文句はない。だが、この夕餉は違いました。二人でピッツア・マルゲリータ、リングィノ・ペスカトーレ、エビとイカのフライとグリーン・サラダ、ミネストローネ・スープ(やはり魚のスープ《ズッパ・ディ・ペッシェ》を頼むべきでしたね)、デカンタで土地の赤ワイン。マリーノ(海)ならば魚料理が主だし、白ワインだろうな。だが、私はよほどのことがないかぎり、赤ワインなのだ。どれも安くて美味、これで五十一ユーロでございました。

デザートとコーヒーは、ナポリ一有名なガンブリヌスに移動した。コーヒーを注文すればエスプレッソに水が供される。そのうえ、ナポリのお菓子がいくつもついてくる。食べたければ食べればよいし、手を付けたくなければそのままもよし。だが、ガンブリヌスのスイーツを拒む勇気はない。見ただけで手が勝手に出る。

夜のナポリをオープン・カフェから眺めているとトイレに行きたくなった。どれも美味しそうな甘味が並ぶ店の奥の大理石の階段を下りて、「しまった」と思った。

階段下に立派な体格のおばちゃんが椅子にでーん、と腰かけて、その前に男女が行儀よく並んでいるではないか。最近のヨーロッパではチップの習慣が昔ほどではない。そのせいで油断したわけではないが、この私、一セントのユーロの持ち合わせがない。正確にいうと持たされていない。急にお金に余裕ができて、海外旅行を再開したとき、昔の貧乏時代の反動のせいか、だれにでもチップをはずむ癖があるらしく、娘が「いまどき、お父さんみたいにチップをあげて回る人はいない」と言って、一ユーロの現金も持たされなくなったのだ。今回も全旅程無一文の旅でした。だが、おばちゃんの前にはチップの皿があり、一ユーロや五十セント硬貨がそれなりに入っている。

おばちゃんは、トイレ待ちの客を監視しながら、てきぱきと男女のトイレに順番どおりに入れている。なんとも清潔で安全きわまるトイレだ。私の番がきたので、スペイン語で、「一セントも持ってないんだ。娘が次にくるからチップはそのときにしてくれないか」と頼ってみたら、鷹揚に「いいよいいよ」と応じながら、あとから下りてきた男の客に、「この紳士が先だからね」と私の番であることを毅然たる態度で告げた。

娘があとでトイレに行ったらおばちゃんが「父ちゃんと二人分ね」とにっこりと笑ってチップの皿を指したそうな。

一見ナポリは男性社会のようだが、意外と見えないところでは女性が仕切っているのかもしれないと思った。やはり「ナポリを見て死ね」という格言は正しいのだ。ただし私の場合、景色ではなくナポリ人の人間味だが。

シチリア人の魂は山にあり――南伊紀行(二)

十一月十一、十二、十三日、パレルモ。

前夜、ナポリからフェリーでシチリア島に渡った。それ以前の私のシチリアに関する知識は、映画『ゴッドファーザー』三部作と『ニュー・シネマ・パラダイス』の舞台となった地、マフィアの島という浅薄なものだった。船中十一時間余り、船に滅法弱い私がフェリーに乗ったのも穏やかな内海の「地中海」のイメージが学生時代の、地理の授業で強く記憶されていたからだ。出航前に船室のベッドに入り、シチリア案内の本を穿き捨ての下着の間から何冊か取り出した。これから披露する知識はすべて船酔いを気にしながらの、にわか勉強の成果だ。

島は三角形で北はティレニア海に東はイオニア海に、そして、南西は地中海に面している。むろんティレニア海もイオニア海も大きくいえば地中海の一部だ。地図を良く見てびっくり仰天したのは、イタリア半島の長靴で蹴飛ばされるシチリア島が地中海のほぼ中央部にあって、ヨーロッパ、アジア、アフリカに囲まれているという点だ。地中海は「内海」ではない、大海だ。その一角のスペインに若い頃から深くかかわりながら、地中海総体を理解していない自分に呆れた。地中海の要衝である以上、

「そりゃ、どんな時代にも隆盛を誇った民族なら必ずシチリア島に目をつけるわな」

ということをにわか読書で学んだ。ふと気付くとフェリーは出航して、弦月に穏やかな海が照らされていた。船酔いの薬を飲む要もなさそうだ。

パレルモはシチリア島最大の都市、およそ六十八万人の人口を誇るだけに、わがホテル選択要件の水辺とはいかなかった。だが、旧市街にあって、四辻のクアットロ・カンティのすぐそばで、十六世紀に修道院として建てられた建物は、銀行を経てホテルへと改装されたという。ピアッツァ・ボルサ・ホテルは海辺ではないがクラシカルな内外装だ。天井が高く、そのうえ、ベッドは古式ゆかしい天蓋付きだ。小雨が降っているせいで部屋の雰囲気は暗く感じる。まあ、ガラス張りの最新式ホテルより落ち着くか。トランクをそれぞれの部屋に運び込み、穿き捨ての下着を重厚な造りの箪笥に仕舞いこむと、小雨の中、直ぐに町へと飛び出した。

ガイド役の娘に従い、十七世紀に建造された四辻に出ると、ストリート・ミュージシャンが『ゴッドファーザー』のテーマ曲を奏でていた。ナポリが今もマラドーナを神様

扱いにするように、パレルモはコッポラ監督の三部作が売り物らしい。

地図を見ずになんとなく人の流れについていくと、新古典様式のマッシモ劇場の前に出た。「おお、ここか」と映画で見たマッシモ劇場の内部を記憶の底から呼び起こそうとしたが、記憶が曖昧で浮かんでこない。そこで私の関心は、劇場前の石畳に小雨を避けて眠る犬に向けられた。飼犬かノラ犬か。体つきがシェパードに似たミックス犬だ。

「お父さん、この犬、結構有名な犬なのよ」と娘が言い出した。「なにか格別な芸でもあるのか」、「違うわよ。マッシモ劇場を訪れる観光客がこのワンちゃんの写真をネットに載せるの。だから、結構世界じゅうで知られた有名な犬なの。うちの飼犬みかんよりもね」と宣った。「名はなんだ」、「ノラはノラよ」。このノラ犬とはパレルモ滞在中、何度会ったことやら。人生、いや、犬生様々だ。少なくとも私より堂々として落ち着き、シチリア暮らしを楽しんでいるのが寝顔で分かる。

パレルモ二日目、マッシモ劇場前に戻ると高校生か、何百人もの男女が石段を塞いでいた。島の高校生が劇場オーケストラの稽古を見学に来たようだ。だが、石段の上でお喋りしたり、大らかにも煙草を吸ったり、この界隈で買い物したりと、てんで勝手に時を楽しんでいる。ノラは小うるさい高校生どもを避けて、私たちが入った路上カフェ近くに避難してシエスタに入った。ふと隣を見るとオーケストラの楽団員がコーヒーを飲

マッシモ劇場前，ノラ犬と私

んでいるではないか。「ああ、これじゃあ、高校生が劇場に入るわけはないよな」と呟く私にノラが薄目を開けて、「ああ、そういうこと」と言った風に見えた。いつの間にか、楽団員もいなくなり、マッシモ劇場からオーケストラの調べが聞こえてくるような幻聴を覚えた。

この私、七十を過ぎてから耳が遠くなり補聴器の世話になっている。石造の建物の中からオーケストラの調べが聞こえるはずもない。だが、確かに聞こえる気がする。ああ、思い出した。『ゴッドファーザー』三部作の有名なシーンだ。

マフィアのボス、ドン・コルレオーネの愛娘が敵方の刺客の銃弾をうけてマッシモ劇場の大階段に斃《たお》れ込み、父親が号泣する場面に、オペラ「カヴァレリア・ルスティカーナ」の美しい調べが重なる、例のシーンを思い出した。

そは幻聴か現の調べか。そのとき、娘が「劇場の内部見物もできるそうよ」と私に質した。「よそう、もう十分だ」と応えていた。

十一月十四日。アグリジェント、エンナ。

朝は早くに車を予約しておいた。十数年前までは未知の外国の道路を自ら運転して走り回ったが、還暦を過ぎて外国で運転することを止めた。よって今日のドライヴもジョルジョ運転手付きだ。

ジョルジョ曰く、「シチリアの島民は八割近くが海辺に住んでいる。だが、シチリア人の魂は山にある」と、乗った途端に一発かまされた。まずパレルモを出るのが一苦労、ラッシュ・アワーと道路の整備が悪いせいで、埃っぽい道を三十分ほど海沿いに東にのろのろと走り、バゲリーアから内陸に向けて国道一一八号線に入り、南を目指す。

途中、映画『ゴッドファーザー』の原作であるマリオ・プーゾの小説の主人公ドン・コルレオーネの故郷、コルレオーネ村をジョルジョに教えられた。車から見るかぎりシチリアのどこにでもありそうな貧寒とした村だった。

「シチリア人の魂は山にあり、か」

車の左右を見廻すが季節のせいか羊の群れも見えず、ひたすら山また山。峠をいくつか越えて山道を百数十キロも走り、最初の目的地アグリジェントに到着。

「おい、ここになにがあるんだ」と娘に聞くと、ガイドブックを開いた娘が「紀元前五八〇年頃、ギリシア人によって造られた神殿がいくつもあるらしいわ」と棒読みした。

「いまから二六〇〇年も前の神殿ね」と無知な父親が応え、切符売り場でジョルジョに車を下ろされた私たちは雨上がりの神殿の谷に足を踏み入れて、驚いた。地中海を背景に十数世紀にわたり、幾多の民族の盛衰を見てきた茶色の石柱の神殿群が親子を迎えたのだ。

ううーん、と唸ったがそれ以上の感想は無知な父親の口から出てこない。実をつけたサボテンの谷をふらふらと歩き回り、待たせておいた車に戻った。ジョルジョは私たち親子の顔を見て、なにも言わない。

「エンナに行って」、「あいよ」みたいな会話がジョルジョと娘の間に交わされ、再びシチリア島のまん真ん中に位置するというエンナに向かう。

「エンナってどんなところだ」と聞くと、ガイドブックを見た娘が、

「一九二七年までエンナじゃなくてカストロジョヴァンニという地名だったようね。標高九四八メートルはイタリアの県庁所在地としては最も高い」

「山だもんな、そりゃそうだろうよ」と人ごとみたいに答えながら、しょぼしょぼと

冷たい雨が降るエンナに向けてひた走った。車はどんどん山深く高く登っていく。人影があっても年寄りばかりだ、これじゃわが熱海といっしょじゃないか。ジョルジョの説明では若者は山を捨て、島の海辺の町やナポリ、ミラノに移り住んでいるとか。

「シチリア人の魂は山にあり」

シチリア巡礼のお題目はどうなるのか。

アグリジェントから九十一キロ走ってエンナのロンバルディア城前に車は止まった。人っ子ひとりいない。冷たい雨が降り続き、「おい、これで城の屋上まで登るのか」と娘にわが「登頂拒否」に賛意を求めたが、無言で冷たく却下された。はい、日ごろ熱海の起伏のある坂道と石段で鍛えた足で登りました。

ジャジャジャジャーン！

と合いの手を入れたくなるほどピサの塔の上からのシチリアの山また山の眺望は素晴らしかった。冷たい雨が止み、緑の谷間から靄《もや》が立ち上ってシチリアの山と谷が眺められた。

靄の切れ間から覗く緑の山並みと谷と集落には豊穣と貧困、絶望と希望とが共存しているように見える。それほど魅惑的な景色だった。そうか、この土地からドン・コルレオーネたちマフィアは危険を冒し、チャンスを求めて新大陸アメリカに渡ったのか。そして、最後の死に場所がやはりこのシチリアであったのか。そんな感慨を無責任な旅人は覚えた。

「シチリア人の魂は山にあり」

然りと思った。

再びジョルジョの車へ戻り、カルタジローネに立ち寄ったが、私には陶器で装飾された一四二段の大階段を登る元気はありませんでした。

シラクーサに着いた時には、午後七時を過ぎていた。この日の走行距離は正確ではないが四百キロ前後か。シチリアの山道を尻が痛くなるほどの距離でした。

闘牛取材をしていた三十代半ば、闘牛が終わるのが午後八時か九時。目当ての闘牛士の車を追って家財道具を積んだボロ・ワーゲンで一晩四、五百キロ、次なる興行地に走るなんて平気の平左だったやっちゃんも、やわになったものだ。運転手付きのセダンで尻が痛いだなんて。

ああ、そうだ。古代都市シラクーサは今回のシチリアの旅で一番長く三泊滞在する。それも小さなオルティージャ島に、だ。

ジョルジョに、気をつけて夜の山道を帰れと忠言して別れると、親子はそれぞれの部屋に入った。

山道で尻を痛くした褒美か。ベランダに出ると、眼下にイオニア海が眺められ、対岸に沈む夕日でわがホテルの建物は真っ赤に染められた。ただただ荘厳の一語。

シチリア、海も悪くない。

シチリア追憶、感傷旅行——南伊紀行(三)

今年(二〇一八年)の夏はハンパでない。七月に入ったら猛暑日が各地でつづき、気象庁の観測が始まって以来の新記録、あちらこちらで四十度超えとか。そのせいか惜櫟荘の蜂が勢いをとり戻した。そこで出入りの造園屋に願い、蜂を駆除する薬液を撒いたが、正直効き目はうすい。なにしろ厖大な数の蜂が松の生えた急崖に穴を開けて巣食っている。なんとも厄介だが、局所対策をして秋がくるのを待つしかない。それに私には、去年のシチリアの旅の続きの原稿が残っている。猛暑の中で去年十一月のシチリアの旅を思い出すのは結構しんどい。

十一月十四—十六日、シラクーサ。

シラクーサの旧市街オルティージャは、新市街とさほど長くもない橋で結ばれている。旧市街と新市街がひと続きのようでありながら、これほど対照的な町並みをヨーロッパで見つけるのは難しいかもしれない。

シラクーサ旧市街は、独立した小さな島なのだ。朝食の折、最上階のレストランからは、眼下にイオニア海が、北側の窓の向こうに雪を被ったエトナ山が望める。この光景を堪能するだけでシラクーサを訪ねた甲斐があったというものだ。娘とガイドブックと地図を広げて、本日の予定を検討しようと思ったが、なんとなく馬鹿々々しくなって止めた。この小さな島のどこを訪ねよというのか、まずは島の外周を歩いてみようと娘を説得した。ホテルを出て、傍らにあるアレトゥーザの泉を眺め下ろす。パピルス草が青々と茂り、涼しげだ。パピルス紙の原料となるパピルス草を私は初めて見た。仕事がら紙にはお世話になっている。物書きになって初期の十数年、私は原稿用紙と万年筆を使い、そののちワープロに転じた。手書き、ワープロの両方を知る過渡期の世代だろう。そんなわけで深々とアレトゥーザの泉に茂るパピルス草に頭を下げて感謝をした。

そのあと、イオニア海を眺めながら島の南端を目指す。十一月の中旬だ、日中ならば半袖でもよかろうが、エトナ山が雪を被った季節だ。しっかりと半袖の上に薄手の上着を羽織っている。西から東へのびる海岸を見下ろす散歩道で仰天した。なんとビキニ姿の女性が独り海水浴をしているではないか。無心に泳ぐ彼女は、北欧辺りからの観光客ではあるまいか、と勝手に決め付けて、海岸を北上する。わがホテルのある西海岸と異なり、東海岸は落ち着いた雰囲気だ。朝日を浴びながら一周して小一時間ということは、オルティージャ島外周はおよそ四、五キロということか。こんな小さな島に重層した歴史が詰め込まれている。

たとえば島のほぼ真ん中にあるドゥオーモ、小さな島に堂々たる威厳を見せる大聖堂は、紀元前五世紀のアテネ神殿が七世紀になって教会になったそうな。こんな歴史を顧みる体力も気力もない。そこで私たち親子はガイドブックを捨てて、島の中を気ままに彷徨って過ごした。ドゥオーモ前の広場から路地にいたるまで、ひたすら歩いて回った。小さな島を歩いていて気付いた。島は大理石に覆われて意外と緑が少ない。そのせいか緑が恋しくなった。そこで車を雇い、半日島の外に出ることにした。

運転手はシャイなシラクーサ人、娘が問わなければ自分から喋り出すことはない。「シラクーサ郊外の陸側で山の風景が見えるところを案内して」と娘が願うと、ただ頷いてオルティージャ島の外に走り出た。三十分ほど走ったか、ノートという町へ案内された。「美しいバロック建築の町並みが見物」と運転手氏が娘に説明して、町の入口のレアーレ門の前で親子は下ろされた。門はノート第一の、いえ、唯一の大路ヴィットリオ・エマヌエーレの始まりだ。人影はなく寂しい。シーズン・オフのせいか、どうやら普段はこんな感じらしい。ノートが賑わうのは五月の第三日曜日に石畳のニコラチ通りで催される「花の絨毯の祭」の日だけらしい。

不意にシチリア語のお喋りが聞こえて、私たち親子を話に夢中の大男二人が追い抜いていった。早足だ。「わーお」と私は思わず奇声を発した。大男たちの早足でもお喋りでもない、男の一人が連れていた黒い仔犬の歩き方に驚いたのだ。リードで繋がれた仔犬は、ぴょこたんぴょこたんと四つ足で宙を飛ぶように歩く。早足の飼い主に追いつつていこうと必死で跳ねる。前に進むというより宙を飛び跳ねながら、主に従っていく。飼い主は全く仔犬のことなど眼中にないらしい、だが、仔犬はけなげだ。犬好き親子は、バロック建築の町並みより見たこともない「花の絨毯の祭」よりも、仔犬の飛び歩きに大いに感心してどこまでもついていった。

親子が三十分もしないで車に戻ってきたので、運転手氏は次なる町へと車を向けた。山道を登っていくと谷間に町の中心があり、対岸の斜面に教会が見えた。「車を下りて展望台から見ろ」と運転手氏が勧めてくれた。車を下り、モディカという名の町を見下ろした。

その瞬間、私は既視感に捉われた。いつか、どこかで見た風景だ。

シチリアも初めて、ましてモディカも初めて。さあてどこで見た景色かと思い出そうとしても思い出せない。運転手氏はふたたび車に私たちを呼び戻し、娘と話しながら町の中心部に下りていき、中心部と思しき場所で駐車した。

「田舎町になにがあるんだ」、「チョコレートが有名な店があるらしいの。あの路地の奥かな」と運転手氏から教えられた路地の入口を差した。田舎町のチョコレート屋か、運転手の親戚かね、と疑いながら路地に入ってその店前に立ったとき、京都の路地奥にひっそりとある老舗の店構えを想起した。「これは」、と私ども親子は店の外で絶句した。その期待感は店に入っても裏切られないどころか、ますます高まった。

娘がパンフレットを読んで、「スペインが新大陸からカカオ豆を持ち帰り、チョコレートをヨーロッパにもたらしたでしょ。ところがフランスでもどこでも南米の風味に滑らかさをもたらすためカカオバターを加えて口あたりを良くしたの。でも、このお店のは南米の製法そのものを守って造られるチョコレートなんですって」、「ほうほう」と私。シチリアのこんな田舎町にこのようなチョコレート屋が残っていたのか。チョコレートの香りが漂う店の内装、娘店員の応対、品物のパッケージなどなどを勘案したとき、南米の素朴な味を感じさせるチョコレートの風味まで私たちは想像できた。「このチョコレートはここでしか買えないな」と思い、日本への土産にいくつか買い求めた。

車に戻ってモディカの町を振り返った私は、最前既視感に駆られた光景がなにか思い出した。

随分と昔に見た映画の一場面だ。ルキーノ・ヴィスコンティ監督の名作『山猫』(一九六三年制作)の映像だ。映画の黄金期を代表する壮麗にして華麗な叙事詩が、今の今までシチリアが舞台ということも、いや、映画『山猫』を学生時代に見たという記憶すら私にはなかった。

十九世紀半ば、イタリア独立戦争の渦中、シチリアの貴族のサリーナ公爵が、城館からパレルモを遠望する場面があった。城館の立地する村が谷間のモディカの町並みとよく似ているのだ。

そうだ、あの映画の一場面一場面が「絵画」だった。

近代化の波のなかでもはや衰亡するしかない貴族一族の運命をヴィスコンティは、城館の出窓のカーテンが微妙な陰影と色彩と光と風に揺れ動くさまになんとも鮮やかに表現していた。

印象派の絵画さながらの情景の連続だった。シチリアの栄光を象徴したサリーナ公爵(バート・ランカスターが公爵を見事に演じた)の挙動風姿に浮かぶ、貴族階級が直面した黄昏の日々、「われらには明日はない」と達観した虚無と諦観がなんとも切なく思い出された。映画史に残る不朽の名作の舞台がシチリアだったとは。いや、シチリアだからこそサリーナ公爵の孤独と哀切と頽廃が浮き彫りにされたのだ。

この映画の白眉は、長編映画の三分の一を占める公爵邸の舞踏会の場面に凝縮されていた。サリーナ公爵とアンジェリカ(クラウディア・カルディナーレ)が踊るワルツの優美な動きは圧巻の一語だった。貴族階級の没落を浮き彫りにしたシチリアの歴史を知らずして、シチリアを私は訪ねたのだ。歴史の一齣《ひとこま》に納まったサリーナ公爵と一族の栄光と没落を、残り少なくなった旅に重ねた。そんな思いを喚起してくれたのはシチリアの田舎町モディカだった。

十一月十七―十九日、カターニア。

シチリアの最後の訪問地はイオニア海に面したカターニアだ。ここでは友達が加わった。ドイツに滞在している彼女が親子の旅に参加してくれたのだ。三人になって食事が楽しくなった。シチリアのワインを飲み、魚料理を楽しみ、お喋りをして旅の残りを過ごした。北部ドイツと南イタリアは、同じＥＵにありながら対照的だ。そんな話を三人でワインを飲むたびに交した。

シチリアは長閑な観光の島だけではない。シチリアにはリビアやエジプトやチュニジアなどアフリカからボートに詰め込まれてやってくる難民たちがいて、「ヨーロッパ人のアイデンティティを守る」と主張して難民を強制的に阻止しようとする過激なグループもいる。

そんな現実の一面を直視することなく私たちの旅は終わった。祭といっしょで旅の終りは楽しくも、もの悲しい。数多の思い出と追憶を重ねて、北部ドイツへ戻る友とカターニア空港で別れた。

今回のシチリアの旅を終えて帰国し、改めて『山猫』を見て原作があったことを知った。シチリアの名門貴族のランペドゥーサが生涯にただ一冊書いた自伝小説『山猫』をもとにして、ヴィスコンティは映画『山猫』を制作したのだ。難民が真っ先に押し寄せるアグリジェントから南に二百二十キロの、イタリアで最南端のランペドゥーサ島のことは、シチリア滞在中に何度か耳にした。

『山猫』を書いた貴族ランペドゥーサとランペドゥーサ島に関わりがあるのかないのか。いつの日(残された日は少ないが)か、サリーナ公爵の面影を辿って、ランペドゥーサ島を旅してみたいと思っている。

カセンとお練り

惜櫟荘の番人に就いて十年が過ぎた。月並みな表現で恐縮だが、アッ、という間に過ぎたようでもあり、永遠に思える歳月でもあった。

過日、岩波書店の社員方が六人惜櫟荘を見学に訪れた。このなかでかつて惜櫟荘を訪れた者は二人だけだ。T女史は惜櫟荘の譲渡前後からの付き合いだから別格として、五人の現役社員の一人しか惜櫟荘を知らないという現実が、岩波書店と惜櫟荘の距離感を示しているだろう。

一度だけ訪れたS氏は、敷地に入った途端、「えっ、こんな明るかったのか」と驚きの顔を隠しきれなかった。

私にも「暗い惜櫟荘」の印象はある。以前にどこかで書いたが、もう一度認めておく。惜櫟荘に私と娘が初めて入ったとき、洋間の高床には岩波雄二郎氏の「遺影」が飾られていて、私どもは思わずその前で合掌していた。雄二郎氏が亡くなったのはその前年のことで、すでにその前から何年も使われることなく閉め切られていた建物のせいか、「遺影」のせいか、「暗い、あるいは陰鬱な惜櫟荘」であった。

訪問者の一人がすでに廃刊になった岩波書店発行の隔月刊誌『へるめす』を持参していた。一九九六年七月号のある対談のカット写真の一枚が惜櫟荘の庭であった。確かに写真でみるかぎり松や山桃と思われる庭木が繁茂して、枝葉ごしの陽射しがわずかに感じられるばかりで「暗い惜櫟荘」である。

この日、今後の惜櫟荘の使い方の話し合いが行われた。ところが岩波書店の社員諸氏と私たち親子の間に、通訳がなければ理解不能な言葉をいくつか聞くことになる。その一つが「カセンヲマクカ」という言葉だった。

読み物時代小説家の私にはカセンの漢字が即座に浮かばない。河川、花泉、化繊などの漢字や造語が漠然と頭に浮かんだが、その折は「カセン」がなんなのか理解がつかなかった。聞けばよいのだが、後期高齢者にして浅学菲才の私は恥ずかしくて尋ねるタイミングを逃した。

ともあれ惜櫟荘で「カセンヲマク」ことが決まったらしい。なにしろこちらは惜櫟荘の番人、今度の一件に関しては惜櫟荘の場所をお貸しするだけ、気は楽だ。岩波書店ご一統がお帰りになって娘に、

「おい、カセンヲマクことに決まったが、カセンヲマクってなんだ」

と聞いたが娘も言葉が浮かばなかったようで教養のない番人親子は、お互い顔を見合わせた。だが、現代はネット検索社会だ。直ちに娘がスマホで調べ、「カセンヲマク」が「歌仙を巻く」ということであることが分かった。

よし、ならばと私も手許の広辞苑を開くと、歌仙がでてきた。①和歌に秀でた人、②和歌の三十六歌仙に因んで三六句から成る連歌・俳諧の形式、とある。つまり、歌人らが集まり、三六句を詠み継ぐらしい、と理解が着いた。

後日、惜櫟荘に見えるのが、歌人の岡野弘彦氏、俳人の長谷川櫂氏、評論家の三浦雅士氏の三人と決まったと知らせがあった。ほうほう、惜櫟荘で歌仙を巻くか、雅な光景が番人には未だ浮かばないまま、久しぶりに惜櫟荘が使われることになった。まずはめでたしめでたしだ。

さて、「歌仙を巻く」行事の前に京都に行った。こちらは実に分かりやすい。四百年余の歴史を誇る四條南座は耐震補強を為すために二年九カ月余りお休みしていた。だが、このたび無事に工事が終わったのだ。

出雲の阿国が鴨川の河原で踊ったのが今日の歌舞伎の始まりというのは学校の教科書で習うから知っていた。その後、江戸時代の元和年間(一六一五—二四)に京都所司代板倉勝重が七つの芝居小屋を官許したとか。以来四条付近に七つの芝居小屋が互いに競い合ってきた。だが、時を経て四條南座だけが残り、京都歌舞伎の伝統を守ってきた。このところ自然災害が頻発するせいであろう、耐震補強と劇場設備を見直すために長きにわたり休館していたのだ。

鴨川のほとりにある桃山風破風造りの雅な南座が工事で見られないのは寂しいかぎりだった。まして京都っ子にとっては寂しさ以上の空白感があったのではないか。

三年ぶりの顔見世興行、切符をとろうかと娘と話し合っていた矢先、なんと、新装なった南座の開場式への招待状が届いた。歌舞伎通でもない私たち親子のところになぜと考えてみたが判然としない。ともかく急ぎ出席の返事をした。

このたびの南座開場式には松竹はもとより京都市も力を入れているようだと京都新聞をネットで読んで娘が父親に知らせてくれた。

平成三十(二〇一八)年十月二十七日、土曜日。

熱海より新幹線を乗り換えつつ、京都に向かった。まずは祇園の知り合い、切通し進々堂さんに挨拶に伺った。このお店、祇園界隈で舞妓さんや芸妓さんが休憩に入ってもいい店として知られている。家族経営であり、客の多くはお馴染みさんだ。なんぞ魂胆(?)がありそうな客は、「ただ今満員です」とやんわり断られる。ゆえに舞妓さん方も安心して時を過ごせる店なのだ。お客さんのお一人は、着物を粋に着こなしたご婦人で、聞こえてくる話の様子からして南座開場式の関係者のようだ。しばし切通し進々堂の家族と雑談した私たちは、八坂さんまで散歩することにした。歩道には椅子や敷物をしてお練り見物の場所とりをしている人が結構いる。午後から四条通りは京都っ子の足、公共バスの運行を含めて鴨川の東から八坂神社前まで全面交通規制が敷かれるとか。京都にとっても南座開場式は大変な行事なのだ。八坂神社には四条通りから一揖《いちゆう》して、南側の歩道沿いに南座へ向かうと、こちらにも大勢の席とりの人びとが見られた。

改修なった南座の外観は変わりがない。さりながら建物正面に青竹を組んだところへ顔見世興行の「まねき」が清々しくもかけられ、四條南座ならではの景色を見せている。すでに大勢の招待客が待っておられた。そんな中、私どもに声がかかった。八坂神社の前で照明器具を扱う三浦照明の主人ダイスケさんだ。惜櫟荘の洋間の竹造りの照明スタンド(吉田五十八設計)が虫食いでダメになったとき、複雑な竹の組み合わせの竹スタンドを造り直すことになった。その折、三浦照明を通して、向日市の竹職人の工房で見事に復元したことがある。それ以来の付き合いだ。

「先生、どうしたんですか」、「開場式にお招き頂いたんだ。ダイスケさんは」、「祇園の町会から駆り出されたんです」と嬉しそうに南座開場式のために誂えた法被姿を見せてくれた。祇園は結束の強い街だ。ダイスケさんも祇園町会役員の一人としてお練りに

右が初代スタンド．左が復元スタンド

加わり歩くらしい。

開演の刻限がきて南座の一階席に案内された。私たち親子の席は花道とさじき席の間、私はさじき席にずらりと居並んだ舞妓さん三十人のすぐ傍らだ。反対側のさじき席にも同人数の舞妓さんが並んでいて、南座開場式らしくなんとも華やかだ。ともあれ私ども親子は、三十人の舞妓さんを後ろに侍らせて（たまたまこうなっただけです）翁松本白鸚、千歳市川染五郎、三番叟松本幸四郎のお三方が演じられる寿式三番叟を見物した。これ以上の贅沢があろうかと感動を覚えた。

そうだ、パリのオペラ座ガルニエでバレエを見物したとき、幕間にシャンペン・グラスを手にオペラ座のベランダからオペラ大通りを眺めた経験と重なった。あのときも「なんとも贅沢の時間だな」と思ったものだ。

古都の中心に歳月を重ねた劇場があって町並みと一体化して、公演していようといまいとパリらしさ、京都らしさをさりげなく演出している。こんな贅沢を生涯に二度も体験するなんて、と思ったとき、私ども親子が南座にお招き頂いた理由に思い当たった。

今年(二〇一九年)の五月十七日から映画『居眠り磐音』が公開される。きっと松竹が絡んだ映画の原作者が私ゆえ招かれたのだろう。恒常的な出版不況の最中、文庫書下ろしが売れた時代は去った。そんな最中の企画だったが、まさかかような南座開場式のお招きを受けようとは、なんとも豪奢絢爛たるご褒美ではないか。


南座の舞台に百人からの東西の歌舞伎役者が居並んだ光景は壮観の一語だ。ブログで片岡孝太郎さんが親切にも、「さてさて新聞やネットの記事で舞台の上に役者や関係者が紋付袴で並んでいますが、どの写真も米粒みたいで誰だかわからないと思いますので、歌舞伎大好き、役者さん大好きファンの方にチョットしたガイドを」と前列より坂田藤十郎を中心に左右へ白鸚、仁左衛門、玉三郎、菊五郎、吉右衛門、梅玉と、ひな壇に座る役者衆百人の名すべてを懇切に記してくれた。

東西の歌舞伎役者百余人が勢ぞろいする光景は、「米粒ではございません、役者衆百人の静かなるオーラが四條南座の向後百年を祝しておりました。孝太郎さん」。

さあてお練りだが、南座を出て仰天した。交通規制が敷かれた中、身動きがつかないほどの見物人が四条通りの歩道にいて、いつもはバスや車で込み合う車道には警備やお練りのスタッフなどがこれまた大勢いて右往左往していた。開場式の招待客は幸運なことに車道の中に入れて頂いた。四条通りのど真ん中から南座を見上げるなど、ふだんは考えられまい。ポックリ下駄を履いた舞妓さん十人が役者衆を先導するらしく、これまた男ばかりの歌舞伎役者衆のお練りに花を添える。

役者衆も姿を見せて万余の見物客から歓声が沸いた。長老方はお練りに参加せず六十五歳以下の若手連が六十九人お練りを務める。海老蔵さんら役者衆も南座を背景に四条の車道に立つのが初めてなのか、南座を背景にスマホで写真を撮りあっていた。私どもの直ぐ傍らに京舞井上流五世家元の井上八千代先生がおられたのを見た役者衆が笑いを消して丁重に挨拶しているのが、芸の世界の序列を見せて、私には爽やかに見えた。

二〇一八年は家人のガンの手術に始まり、なにかと気ぜわしい年であったが、年の終わり近くに惜櫟荘で歌仙が巻かれたり、京都では南座の開場式に招かれたりと、喜ばしい出来事が重なった。本年二月からは『居眠り磐音』の決定版を文春文庫で刊行する。全五十一巻の完結は二〇二一年の春だ。

文庫の時代は終わったのか

惜櫟荘の完全修復が終わったのが二〇一一年、東北大震災があった年で、私自身も前立腺ガンの手術をした。そんな年に建物の修復は終えたのだが、やはり八年も経つと竹垣などが傷んでくる。今ではプラスチック製の竹もどきもあるが、自然の竹で普請をしたい。近々竹垣を新しく造り直さねばなるまい。

西洋建築と違い、和建築は自然の素材が日々刻々変化していくのが住む人に分かる。なんとなく日本人の死生観や美意識が建築自体に表現されているような気がする。例えば障子、和紙の清々しさが、歳月とともに光によって黄色く変じる。師走になると、どこの家庭でも障子紙の貼り替えを行ったものだ。

木と紙と土、さらには竹を活かした和風家屋は、日常の手入れ、空気の入れ替えや掃き掃除、拭き掃除がいる。惜櫟荘の畳部屋は掃除機は使わない。障子の桟も常に丁寧に埃を払っている。かような作業はどこの家庭でも大なり小なり行ってきたことだ。戦後七十数年が経過し、ライフスタイルの変化とともに古来の住まいの、あるいは手入れの概念は失われつつある。そのことを惜櫟荘が教えてくれる。

時代小説に転じて二十年目を迎えた。私の時代小説の一作目『密命 見参！ 寒月霞斬り』の刊行年が平成十一（一九九九）年一月ゆえ、平成最後の正月でちょうど二十年目というわけだ。時代小説に手を染めたのはそれより二年ほど前だった。その当時、私はノベルスというミステリーの如き読み物を書いていたが売れ行きが悪く、「もううちでは本は出せません」と最後通告を受けた。時代小説に転じたところで売れるとは思えなかったが、ちょうど流行り始めていた文庫書下ろしという出版スタイルで、なんとか首が繋がった。

前借りの代わりに出版された第一作が、信じられないことに初めての増刷がかかった。ために次の注文が入り、一年目の三冊の文庫書下ろしが、二年目は七冊、三年目には十冊を超えていたと思う。とはいえ劇的な変化はなかった。次の注文が確実にくるようになった程度の変化だった。

ここで『居眠り磐音江戸双紙』（以下『居眠り』と表記）が出版された切っ掛けと経緯を改めて書いておこう。文庫書下ろしという出版形態の盛衰を如実に表すエピソードと思えるからだ。

現代ものを書いていた頃から付き合いがあったN出版の担当のKはとにかく熱心な編集者で、原稿に疑問点が見つかると深夜だろうとなんだろうと電話で問い合わせてきた。私が朝型仕事人間と承知していたはずだが、深夜独り編集部に残って原稿読みに没頭すると、こちらの生活スタイルなど全く考慮しなかった。そんなことが何度も繰り返された。

Kの出版社は出版バブルが弾けたあと、経費削減のために夕方の六時までに仕事を終え、全員退社するように通告があったそうだ。だが、Kはマイペース、通告を無視して午後に出社し、夜中に独り編集校閲作業をなした。ために上層部から何度も注意を受けたらしい。独り夜中に仕事するほうが集中できるというのがKの言い分だ。一方、出版社は夜中に一人だけのために電気をつける「浪費」を避けたかったのだ。

だが、Kはお構いなしで自分のスタイルを貫いた。付き合い始めて一年後だったか、Kが退社を余儀なくされそうだと私に告げた。そして、フリーランスの編集者になると言った。

私は会社勤めをしたことがない人間だ。フリーランスの苦労はトコトン承知だ。年上の私はKに「君のような性格の者にフリー編集者は向かない、退社は止めておけ」と忠告したが、Kの決心は変わらなかった。そこで時代小説に転じたばかりの私が、「新しい出版社を見つけてきてよ。そしたら、おれが新しいものを書くからさ」と偉そうに応じた。出版バブルはすでに弾けていた。Kが新たな出版社を見つけてくるとは考えてもいなかった。

ところが「売り込み先が見つかった」と連絡してきた。半信半疑の私が以前に書いた短編の一つを活かして書き始めたのが『居眠り』だった。書き上げることを前提に出版してくれるという出版社の編集者と新宿西口の喫茶店で会うことになった。

なんと某出版社の編集者Yは顔見知りだった。写真家時代に一、二度仕事をさせてもらった時の編集長がYだった。Yも、立ち上げた雑誌の売り上げが芳しくなく休刊に追い込まれ、仕事がなかったらしい。出版社を辞めざるを得なかったKと新刊雑誌の休刊を余儀なくされた編集長と売れない物書きの三人が集まり、『居眠り』を形にするために動き始めた。

Yが勤めていた出版社は官能小説を中心に文庫出版をしていた。社長は新年会などで他社の社長と名刺交換するときなど、「ああ、官能のF社さん」と言われるたびに肩身の狭い思いを抱いていたそうな。そこで時代小説に手を染めることを大いに歓迎したとか。

それぞれの思惑が重なった『居眠り』が文庫書下ろしで形になったのだ。初版は二万五千部、直ぐに三千部の増刷になり、二カ月後に五千部の重版がかかり、さらに年内に四刷五刷と順調な滑り出しを見せた。とはいえ、劇的にブレークしたわけではない。ともあれ一発勝負の文庫書下ろしという出版形態が私の肌に合ったのだろう。

一方で私はNHKの時代劇ドラマのプロデューサーに映像化を願う手紙を書いた。出版社も働きかけに動いた。だが、直ぐには結果は出なかった。二〇〇六年になってHプロデューサーから返事があって企画が通ったという。以後、断続的だが十年にわたって映像化された。

この放映は文庫の『居眠り』(放送では『陽炎の辻』)に大きな影響を与えた。すでにシリーズは二十巻を数え、累計が三百五十万部を突破していたが、放映の始まった二〇〇七年、一気にブレークした。五年前に出版された第一巻の『陽炎ノ辻』の増刷だけで、一年間に十刷十三万八千部を数えた。以降数年は『居眠り』の他の十九巻の増刷分に他社のシリーズと合わせると年間六百万部近くの売れ行きと、それまで万年初版作家だった私にはそら恐ろしいほどの現象が生じた。

そんな最中、惜櫟荘の譲渡話が舞い込んだのだ。でなければ惜櫟荘を購入するなど、さらには全面改修するなど夢想もできなかったろう。

このシリーズの生みの親の一人Kが夭折したのはシリーズ刊行の途中だった。二、三カ月に一度、フリー編集者のKと出版社社員のYと私は新宿の喫茶店で新作原稿の受け渡しを繰り返していたが、不意にKと連絡がつかなくなった。私は彼の唯一の連絡先の携帯電話に幾たびもメールを残し、京王沿線の駅前ホテルで会うことにした。エレベーターを降りてきたKを見たとき、「ああ、重篤な病にかかっている」と直感した。それほど生気がなく痩せていた。ホテルの部屋で二人だけで話し合った。

そのとき、Kは故郷が『居眠り磐音』の舞台の豊後、大分県であることを私に告げ、ただ一人の家族、母親に病気のことを話していないと洩らした。私は年長者の権限で叱りつけるように説得して母親の住所と電話番号を聞き出した。なにかあったときのことを思ったからだ。「そのとき」は私やYが考える以上に早くやってきた。母親と従姉ともう一人親戚の男性の三人が東京に出てきた。

母親は、私が電話連絡したとき、息子が東京でなんの仕事をしているか、知らなかった。NHK放映の『陽炎の辻』の原作本である『居眠り』の編集をしていると説明しても、なんのことやら理解がつかなかった。母親を含めて家族親類の三人が上京してきて終末医療のマンションで三日ほどいっしょに過ごしたのち、Kは身罷った。弔いはYの出版社の関係者と私と娘らわずか数人が参列して落合の葬儀場で行った。私たちは『居眠り』の完結を見ることなく夭折したKの骨壺がタクシーのトランクルームに無造作に載せられ、故郷に帰るのを遣る瀬無い気持ちで見送った。

二〇一六年一月に刊行された五十一巻『居眠り磐音　旅立ノ朝』で、シリーズは完結した。作者はかような長大なシリーズになるとは夢想だにしなかった。一方で売れない作家を救ってくれた文庫書下ろしは二〇〇七年あたりを頂点に陰りを見せはじめていた。文庫ブームの折、いろいろな分野の方が文庫書下ろし時代小説に参入してこられたが、現在では一割も生き残っていまい。

この二十年余で書籍と雑誌の売り上げは半減し、書店数も減り、出版業界は恒常的な「冬の時代」を迎えている。そんな中、文庫書下ろしは一時奮闘したといえるが、その奮闘も遠い昔に終わった。

本稿のタイトルに「文庫の時代は終わったのか」とつけたが、正確に記すならば、「文庫書下ろしの時代は終わったのか」と書くべきであろう。意図したわけではないが、一時の文庫書下ろしブーム(があったと仮定して)がかつての文庫のイメージを傷つけ、文庫ブランドを曖昧にしたことは確かだろう。ゆえに文庫書下ろしの終焉は文庫全体の終りとも重なっているように考えるのは私だけか。

『居眠り』が完結して三年、文藝春秋にこのシリーズを移して新たなスタッフの眼で見直してもらうプロジェクトに着手した。二〇一九年二月から二〇二一年の春まで一月二冊、決定版『居眠り磐音』刊行に挑むことになる。この出版不況の最中、かような試みが全うされるのかどうか、「期待より不安」というのが作者の正直な気持だ。

最後に記しておこう。

Kとは梶原直樹氏、Yとは双葉社の米田光良氏だ。

時折り思い出す。『居眠り磐音江戸双紙』の打ち合わせをぼそぼそとやっていた喫茶店の光景を。あの当時も出版界の先行きは見通せなかったが、二十年後の今のほうが一段と険しい状況であろう。

よくもまあ、綱渡りのような生き方をしてきたものだ。文庫書下ろしという出版形態が私の作家生命を生き永らえさせてくれた。やはり、

「文庫の時代は終わった」

と私は思う。それでも作者は書き、編集者は編集する。それが仕事だ。

さくら違い

京都に二月半ほど滞在するというスペインの友人夫婦を訪ねた。日本人の女房が金継《きんつ》ぎの技法を習うためだという。リタイアした夫婦の旅だが、社会労働党政権時代の恩恵をいちばん受けた世代だ。もはや若者は、夫婦に聞いた恩給の額など受け取れそうにない。私と娘が京都を訪ねたのが四月の前半、桜の季節だ。彼らの要望で祇園を流れる白川のかたわらの京料理屋で食事をして酒を酌み交わした。なにしろ彼の徴兵時代から承知ゆえ、半世紀に近い交際だ。お互いの貧乏だった時代の話に終始した。

九時半のころあい白川に架かる巽橋に出て、微醺をおびたわれら四人の足が止まった。ライトアップされた満開の桜、清い流れと古い家並、言葉がすぐに出ないほど感動した。というのもこの橋を行きにも渡ったのだが、余りにも多い外国人観光客(むろんわが友も異人さんだが)に圧倒され、桜を見るどころではなかった。ところが夜桜の見物客は数人しかおらず、静かに桜を愛でていた。友人夫婦はもちろん、娘と私、桜の季節に京を初めて訪ねたこともあって、新鮮にして大感激の宵桜であった。翌早朝、円山公園を訪ねて桜守三代目の佐野藤右衛門さんが世話をしてきた「枝垂れ桜」を見て、またまた桜好きになった。

さて、ここからが本論です。

私、この『図書』に連載したエッセイを『惜櫟荘だより』として岩波書店よりハードカバー、岩波現代文庫として刊行した。さらに当連載「惜櫟荘の四季」もこの二十八回をもって文庫化する運びになっている。

二冊の連載中、私は惜櫟荘にある数本の桜をたびたび記してきたように思う。海側から「大島桜」、惜櫟荘の和室の前の「山桜」、さらに一段上には「ソメイヨシノ」と、植木屋の職人や土地の人から教えられたとおりに信じて認めてきたのだ。だが、今回の旅の前に佐野藤右衛門さんの著書を何冊か読み、どうやらえらい間違いをしていたことに気付かされた。

さて、皆さん、日本には何種類の桜があるとお思いですか。なんと二百数十種類もあるというのです。その多くの桜は、「山桜」、「大島桜」、そして「彼岸桜」の三種が、二百何十種類の品種のもとになっているというのです。

この三種の桜は、親木の種から育つ、「実生」です。鳥などが糞といっしょに運んできた実生の桜は、世話次第環境次第で三百年や五百年、千年と長生きするのだそうです。

和室外の大島桜（？）

　桜に関する知識のない私と娘、惜櫟荘の敷地の桜を佐野さんの本の写真を頼りにしながら観察することしばし、幹の皮とさけ目などを照合するに、「大島桜」と思ったものが山桜であり、「山桜」と考えていたものが大島桜ではないかと推測（現段階ではあくまで仮定ですが）され、親子の浅はかさに呆れた。いちばんの衝撃は、私が長年ソメイヨシノと思い込んできた桜は、どうやら「彼岸桜」であるらしいと図鑑が教えてくれたことだ。

（えっ、おれは染井吉野すら見分けられなかったのか）

　茫然自失したが、ふと別の考えに思いいたった。

　この惜櫟荘の成り立ちだ。

別荘の名の由来の櫟は自然の地形を示すために残されていたものだが、狭い敷地を拡げようと櫟を切りかけた棟梁に岩波茂雄が、

「櫟を切るのならおれの腕を切ってからにしろ」

と啖呵を切ったという曰くどおり、建物は別にして、庭や崖地に生えている木々はすべて自然の賜物であった。

私が譲り受ける以前、土地の造園屋が一年に二度ほど入って、自然に育った木々の枝葉の剪定を、休み休みのんびりとやっていた。一服する親方は、松に上り海を眺め下ろすと頭がくらくらすると植木屋とも思えない言葉を言い放ったものだ。

それはさておき、惜櫟荘の敷地には新たに植樹した痕跡は一本とてないのだ。そのせいか妙な組み合わせで樹木が絡み合っていることもあった。「ソメイヨシノ」の幹には、椿の木が一体化して大きく育っていた。

このことはなにを意味するのか？　惜櫟荘の敷地はありのままの海辺の景色がいまに至ったのだ。椿がからんだ「ソメイヨシノ」は実生では育たない。また三代目桜守の佐野藤右衛門さんの図鑑を抜き、しげしげと写真と桜を交互に見て、私たちが「ソメイヨシノ」と思っていたものは「彼岸桜」と推量するにいたった。となると、敷地のなかに「山桜」、「大島桜」、そして、「彼岸桜」と桜の基になる三本の桜があることになる、急に感動を覚えた。宝くじにあたり、にわかに億万長者になった気分だ。「ソメイヨシノ」

に絡んでいた椿は根っこを掘り起こしてもらい、別の場所に植え替えた。

「私のシリーズの一つ『居眠り磐音』が映画化されることになった」と書いたが、この連載が読者諸氏のお目に触れるころには公開が終わっているだろう。私が「惜櫟荘の四季」の一応締めとなる本稿にこの件を触れようと思ったのは、映画界も出版界と同じように不況の時代を迎えて、映画人たちが創作の意欲は持ちつつもひどく苦労していることを身をもって体験したからだ。

そんな映画界をあぶりだした事件が作品完成間近に発生した。

某出演者が二十代のころから「セレブのドラッグ」と称されるコカイン吸引容疑で関東信越厚生局麻薬取締部に逮捕された事件だ。ＮＨＫのニュース速報でこのことが報道された途端、『居眠り磐音』のスタッフはこの騒ぎの顚末をまず見守ることになった。というのもこの容疑者はＮＨＫの大河ドラマ「いだてん」にも出演していたからだ。彼は脇役として高く評価されていただけに多くの作品に関わっていた。

テレビ業界も映画業界も、「いだてん」チームの対処をまず見極めようとする気配が感じられた。公共放送のＮＨＫは、某が関わった場面の撮り直しはもちろん、かつて彼が出演した番組のオンデマンド放映も中止にした。

このＮＨＫの発表をうけて今回の容疑者が関わった作品の制作陣も自らの対応に動き

始めた。

そんななかで新たに議論が湧き起ったのは、一様に自粛することが「正しい判断か」、「作品には罪はない」のではないかという提議だった。ある高名な音楽家は、「音楽に罪はない」といった趣旨の発言をされ、また公開間近の映画の一作は、「撮り直すことなく公開」に踏み切ると発表された。この勇断に世間の大半の方が賛意を示されたように私には感じられた。

私も一律に自粛して「公開延期」や「撮り直し」をなす風潮には疑問を感じる。なぜならば、多額の資金を投入し、制作中の映画を葬り去るのは、恒常的に「冬の時代」にある映画界をさらに衰退させ、元気をなくさせると思うからだ。同時にそれぞれ映画一作一作は作風が異なり、制作状況も違う。作品ごとにスタッフが合議し、己の対処策を決めればよいことだ。

半世紀以上も前、私は日本大学芸術学部映画学科を出て、映画界への「就職」を目指したが、一九六〇年代すら実写世界は新たな人材を受け入れる余裕はなかった。大学の就職課に貼られた応募要項はアニメのスタッフ募集だった。ただ今のアニメ全盛のさきがけの時代だったのだろう。私は親しい同期生と二人で飯田橋にあった、小さなアニメ会社を訪ねた。マンションの一階は壁も窓も黒布で覆われ、天井に古々しいアメリカ製のミッチェルと思しきカメラが固定されていた。その真下でセル画を動かしてアニメーションの撮影をするらしい。撮影志望の私はこの仕事場を見て、なにも想像力が働かなかった。「暗くて、辛気くさい」と思った。だが、『ガロ』など漫画雑誌を私に貸してくれた友人は、喜々としてアニメ制作の途を進み、テレビのアニメ番組にYの名が演出として載るようになり、売れっ子になった。

一方、私は独立プロの実写制作現場で働き、ついでカラー化になったばかりのテレビCMなどで糊口をしのいでいたが、組織で創る映画の一員にはどうしても馴染めなかった。結局、スティールカメラを持って横浜からナホトカに向かい、シベリア鉄道を利用して西ヨーロッパを放浪した。一旦帰国したあと、女房といっしょにスペインに移住して闘牛の取材をする道を選んだ。

当時のスペインはフランコ独裁政権末期、国技と位置付けられた闘牛は、黄金時代だった。多士済々の闘牛士と飢えを経験して育った牛が生と死の芸《アルテ》を繰り広げていた。

闘牛の祭礼をおいかけて、イベリア半島から南部フランスのプロバンスまで闘牛行脚を続けた。そして、バブルを前にした日本に帰り、成果を出版界に問うた。だが、出版された二冊の本の反響は今一つだった。その後も写真家、ノンフィクション・ライター、冒険小説、ミステリー小説と転々とする私は出版バブルの恩恵を受けることもなく出版不況を迎えることになる。そんな最中、苦肉の策として文庫書下ろしという新出版形態が生まれ、私の首も繋がった。これまでの成果も当てもない放浪暮らしが、時代小説を書くことに生かされることになった。月並みだが、

「人生って不思議」

と思うし、

「遠回りが意外と大事」

ということをただ今、実感している。

妙な話になった。

当連載「惜櫟荘の四季」が一応完結し、文庫として刊行されると決まったことでかような昔話になったのだろう。学生時代、古い映画や外国映画を見まくったことが、ただ今の小説作法の基になっているのは確かだ。若い時代、がむしゃらに思ったことをやるのも悪くない。古希を過ぎて、そのことが「かたち」になることもあると知らされた。

さて、『居眠り磐音』は撮り直しを選択した。私は『居眠り磐音』制作委員会のこの判断を支持した。決して「自粛」したわけではなく、スタッフ間の論議の末に再撮影を決断したのだ。それは偏に爺ちゃんから孫まで三代一緒に読み合うことができる原作をもとにした映画の作風がそうさせたと信じている。

ネット情報社会では、私が「惜櫟荘だより」を連載していた時代より、何倍ものスピードで新たな情報や技術が次々に発信される。私は十年以上も前にネット社会の進化か

らとり残された。だが、それはそれでよい、と思っている。私は刻々進化するデジタル社会の落ちこぼれであることを恐れない、「遠回り」の末に辿りつく世界もあると思うからだ。

あとがき

「蜂と蝿　夢にて候」と「「謎の絵」のこと」、本文の二稿で触れた画家・市橋安治の死について、『惜櫟荘の四季』のあとがきに代えて記す。

本年二〇一九年春、市橋安治・文子夫妻から手紙をもらった。その折の市橋の文字が余りにも弱々しく、訝しく感じて電話をした。というのも市橋は六、七年前、肺ガンの、それも末期ガン余命半年との宣告を受けた。治療法はないと聞かされていたが、抗ガン剤治療が効を奏し、奇跡的に蘇った。以後、定期的とはいえないが、電話でお互いの声を確かめ合っていた。

市橋は一九四八年生まれだから私より六歳も若い。そんな市橋と文子夫妻に私が出会ったのは一九七二年七月七日。スペイン北東部パンプローナのサン・フェルミン祭礼の場であった。

その当時、私は闘牛取材を始めたころで、バルセロナ郊外に住んでいた。

市橋夫妻はマドリッドに住み、己の絵画スタイルを模索し始めたばかりだった。お互い将来など全く見えず、スペインにおいて先行きを探っていた時代であった。

　七月六日の前日祭から十四日まで続くサン・フェルミン祭礼は、闘牛興行が名物だ。というのもノーベル文学賞受賞作家E・ヘミングウェイが長編小説『日はまた昇る』でこの祭礼を舞台にし、全世界にパンプローナと祭礼の名が知られたからだ。ゆえに『日はまた昇る』を読んだ英語圏の若者たちが多く祭り見物にやってきた。そして最高の闘牛士と選ばれた猛牛、トロ・ブラボーが、サン・フェルミン祭の期間、パンプローナ闘牛場で連日戦う。

　連続闘牛の毎朝の「見物《みもの》」が、パンプローナの街路コースに放たれるトロ・ブラボーとの走り合いだ。城郭都市の砦の一つに最後の夜を過ごしたトロ・ブラボーは朝八時に花火とともに街路へと走り出す。その前後を白い祭衣装に赤い帯の男たち(当時、走り手は男しか許されなかった)がおよそ八百余メートル先の闘牛場に向って猛然と駆け出していく。むろん毎朝怪我人が、時に角に突かれて死者も出る。この闘牛場に追い込まれたトロ・ブラボー六頭が、この午後、三人の闘牛士らと戦うのだ。

　こんな闘牛が八日間も続く。朝も昼も夕方も夜も音楽が鳴り響き、ワインの酔いと闘牛の熱狂にパンプローナじゅうが沸く。

　ナバラ王国の主都だったパンプローナは城壁都市で、旧市街には中世の街並みや石畳の通りが残っている。とはいえ、世界じゅうから祭礼見物に、いや、闘牛見物にくるへミングウェイ愛読者をすべて受け入れるほど町の規模は大きくない。ホテルなど宿泊施設は予約客でなければ宿泊できない。ために広場や公園や散歩道が、酔っ払った外国人の一夜の宿だった。

市橋はなんとマドリッドから新しいとは言い難いスクーターに夫婦二人で相乗りしてパンプローナ入りしていた。あの当時のスペインの道路事情は最悪、まともな高速道路はなかった。二つの都市の距離は三百十七キロ、中古のスクーターでの二人乗りドライヴはかなりハードだ。

一方、私のほうはかぶと虫の愛称で知られるフォルクスワーゲンの十数年物の車で、市橋のスクーターのことをうんぬん言える代物ではない。市橋夫婦があの年のサン・フェルミン祭礼のパンプローナのどこに泊ったか知らないが、こちらは郊外の河原に駐車したワーゲンが「ホテル」代わりだった。

最初の出会いの折、市橋夫妻とどのような話をしたか記憶にない。ただ互いが闘牛に関心があるという一点だけを覚えている。

このパンプローナの祭礼からバルセロナ郊外の海岸のアパートに戻って二十日後に女房が長女を出産した。まさかスペインで子どもが生まれるとは、日本出発時考えもしなかった。

翌年一九七三年の初春、誕生半年の娘のために女房が座す助手席の足元に小さなベッドを設け、バルセロナから闘牛の本場アンダルシアのセビリア郊外のアスナルカサ村に移住して、この村を拠点に本格的な闘牛取材を始めた。

その年のサン・フェルミン祭礼に女房と一歳の誕生日前の娘を伴った。そこで市橋夫妻に再会したのだ。いくら闘牛好きとはいえ、日本人が二年続けてスペインの世界的な田舎町(?)パンプローナで出会うなんて奇遇といっていいだろう、ともあれ市橋の闘牛熱は半端ではなかったということだ。

市橋を通じてスペイン在住の画家・鴨居玲(結局、鴨居とは会ったことはなかったが)、島真一、戸嶋靖昌、グスタボ磯江こと磯江毅など異能異才たちと知り合った。とはいえ市橋らと絵画論など語り合った記憶はない。いつも闘牛話だった。

茫々歳月は流れて、市橋はスペインから帰国後、文子夫人の出身地名古屋に落ち付き、画業に専念していく。

一方こちらは写真家から物書き、それもノンフィクションからフィクション・ライターと転々としたが、出版バブルのただ中にあっても売れなかった。

そんな市橋と私が会うのは、彼が東京で個展を開いた会場が主だった。個人的に付き合うにもお互いに余裕がなかった。

出版バブルが弾け、私は文庫書下ろしという出版形態でなんとか日の目を見た。そんな最中、スペインで知り合った島、戸嶋、磯江が次々に亡くなり、市橋安治だけが、私の知る七十年代のスペインの日本人画家の孤塁を守ってきた。

二〇一九年四月二十二日、市橋の自宅を訪ねた。マドリッドの仮宅は別にして初めての自宅訪問だった。市橋は私と娘を玄関に立って迎えてくれた。私はあの声から察して床に臥せっているものとばかり思っていたので、いささか驚いた。

2019 年 4 月 22 日，市橋氏と

「元気じゃないか」

「佐伯さんが来たからかな、すこぶる元気だよ」

と応じる市橋に私たち親子は大いに安堵した。

市橋のアトリエ兼住まいには、七十年代のマドリッドの雰囲気が濃くあった。トレド闘牛場の大きなポスターが四十年余の歳月に色褪せて貼られてあった。

私たちはパンプローナの出会いを始め、闘牛の昔話に終始した。

二月後、文子夫人から市橋の訃報を知らされた。

市橋安治の顔は穏やかだった。画業を全うしたデスマスクだった。

スペインで知り合った日本人画家の全員が身罷り、惜櫟荘番人にして物書きの私だけが生き残った。

さて『図書』に連載してきたエッセイが岩波現代文庫『惜櫟荘の四季』として刊行されることになった。この文庫の前身『惜櫟荘だより』が『図書』にて連載を始めたのは二〇一〇年五月号だから、足掛け九年余の長い付き合いになった。

この間、図書連載と単行本、文庫刊行でお世話になった岩波書店の清水御狩さん、入江仰さん、中嶋裕子さん、そして、すでに退職された富田武子女史ら諸氏に一方ならぬ世話になり、面倒をお掛けした。この方々の鼓舞と助言がなければ、この恒常的な出版不況下、浅慮の私が岩波現代文庫のラインナップに二冊加わるなどあり得なかったろう。

真に有難うございました。この場を借りて岩波書店の皆々様に深く感謝申し上げます。

また拙いエッセイを愛読して頂いた読者諸氏にも深謝いたします。

二〇一九年九月　熱海にて

佐伯泰英

本書は月刊『図書』に二〇一二年一〇月号から二〇一九年七月号まで、七年にわたり年四回連載した「惜櫟荘の四季」に、加筆した。なお、本書中の写真は、著者および著者の家族が撮影したものである。

惜櫟荘の四季

2019年11月15日　第1刷発行

著　者　佐伯泰英《さえきやすひで》

発行者　岡本　厚

発行所　株式会社　岩波書店
〒101-8002 東京都千代田区一ツ橋 2-5-5

案内 03-5210-4000　営業部 03-5210-4111
https://www.iwanami.co.jp/

印刷・精興社　製本・中永製本

ISBN 978-4-00-602313-3　Printed in Japan

岩波現代文庫の発足に際して

新しい世紀が目前に迫っている。しかし二〇世紀は、戦争、貧困、差別と抑圧、民族間の憎悪等に対して本質的な解決策を見いだすことができなかったばかりか、文明の名による自然破壊は人類の存続を脅かすまでに拡大した。一方、第二次大戦後より半世紀余の間、ひたすら追い求めてきた物質的豊かさが必ずしも真の幸福に直結せず、むしろ社会のありかたを歪め、人間精神の荒廃をもたらすという逆説を、われわれは人類史上はじめて痛切に体験した。

それゆえ先人たちが第二次世界大戦後の諸問題といかに取り組み、思考し、解決を模索したかの軌跡を読みとくことは、今日の緊急の課題であるにとどまらず、将来にわたって必須の知的営為となるはずである。幸いわれわれの前には、この時代の様ざまな葛藤から生まれた、人文、社会、自然諸科学をはじめ、文学作品、ヒューマン・ドキュメントにいたる広範な分野のすぐれた成果の蓄積が存在する。

岩波現代文庫は、これらの学問的、文芸的な達成を、日本人の思索に切実な影響を与えた諸外国の著作とともに、厳選して収録し、次代に手渡していこうという目的をもって発刊される。いまや、次々に生起する大小の悲喜劇に対してわれわれは傍観者であることは許されない。一人ひとりが生活と思想を再構築すべき時である。

岩波現代文庫は、戦後日本人の知的自叙伝ともいうべき書物群であり、現状に甘んずることなく困難な事態に正対して、持続的に思考し、未来を拓こうとする同時代人の糧となるであろう。

（二〇〇〇年一月）

岩波現代文庫[文芸]

B272
芥川龍之介の世界
中村真一郎

芥川文学を論じた数多くの研究書の中で、中村真一郎の評論は、傑出した成果であり、最良の入門書である。〈解説〉石割 透

B273-274
小説 法服の王国 裁判官(上・下)
黒木 亮

これまで金融機関や商社での勤務経験を生かしてベストセラー経済小説を発表してきた著者が新たに挑んだ社会派巨編・司法内幕小説。〈解説〉梶村太市

B275
惜《せき》櫟《れき》荘《そう》だより
佐伯泰英

近代数寄屋の名建築、熱海・惜櫟荘が、新しい「番人」の手で見事に蘇るまでの解体・修復過程を綴る、著者初の随筆。文庫版新稿「芳名録余滴」を収載。

B276
チェロと宮沢賢治
―ゴーシュ余聞―
横田庄一郎

「セロ弾きのゴーシュ」は、音楽好きであった賢治の代表作。楽器チェロと賢治の関わりを探ることで、賢治文学の新たな魅力に迫る。〈解説〉福島義雄

B277
心に緑の種をまく
―絵本のたのしみ―
渡辺茂男

児童書の翻訳や創作で知られる著者が、自らの子育て体験とともに読者に語りかけるように綴った、子どもと読みたい不朽の名作絵本45冊の魅力。図版多数。〈付記〉渡辺鉄太

2019.11

岩波現代文庫[文芸]

B278
ラーニャ
伊藤比呂美

あたしは離婚して子連れで日本の家を出た。心は二つ、身は一つ…。活躍し続ける詩人の傑作小説集。単行本未収録の幻の中編も収録。

B279
漱石を読みなおす
小森陽一

戦争の続く時代にあって、人間の「個性」にこだわった漱石。その生涯と諸作品を現代の視点からたどりなおし、新たな読み方を切り開く。

B280
石原吉郎セレクション
柴崎聰編

石原吉郎は、シベリアでの極限下の体験を硬質にして静謐な言葉で語り続けた。テーマ別に随想を精選、詩人の核心に迫る散文集。

B281
われらが背きし者
ジョン・ル・カレ
上岡伸雄
上杉隼人訳

恋人たちの一度きりの豪奢なバカンスがマフィアの取引の場に！　政治と金、愛と信頼を賭けた壮大なフェア・プレイを、サスペンス小説の巨匠ル・カレが描く。〈解説〉池上冬樹

B282
児童文学論
リリアン・H・スミス
石井桃子
瀬田貞二
渡辺茂男訳

子どものためによい本を選び出す基準とは何か。児童文学研究のバイブルといわれる名著が、いま文庫版で甦る。〈解説〉斎藤惇夫

2019.11

岩波現代文庫[文芸]

B283
漱石全集物語
矢口進也
なぜこのように多種多様な全集が刊行されたのか。漱石独特の言葉遣いの校訂、出版権をめぐる争いなど、一〇〇年の出版史を語る。〈解説〉柴野京子

B284
美は乱調にあり
―伊藤野枝と大杉栄―
瀬戸内寂聴
伊藤野枝を世に知らしめた伝記小説の傑作が、文庫版で蘇る。辻潤、平塚らいてう、そして大杉栄との出会い。恋に燃え、闘った、新しい女の人生。

B285-286
諧調は偽りなり(上・下)
―伊藤野枝と大杉栄―
瀬戸内寂聴
アナーキスト大杉栄と伊藤野枝。二人の生と闘いの軌跡を、彼らをめぐる人々のその後とともに描く、大型評伝小説。下巻に栗原康氏との解説対談を収録。

B287-289
口訳万葉集(上・中・下)
折口信夫
生誕一三〇年を迎える文豪による『万葉集』の口述での現代語訳。全編に若さと才気が溢れている。〈解説〉持田叙子(上)、安藤礼二(中)、夏石番矢(下)

B290
花のようなひと
佐藤正午
牛尾篤画
日々の暮らしの中で揺れ動く一瞬の心象風景を〝恋愛小説の名手〟が鮮やかに描き出す。秀作「幼なじみ」を併録。〈解説〉桂川潤

2019.11

岩波現代文庫[文芸]

B291
中国文学の愉しき世界
井波律子

烈々たる気概に満ちた奇人・達人の群像、壮大にして華麗な中国的物語幻想の世界！　中国文学の魅力をわかりやすく解き明かす第一人者のエッセイ集。

B292
英語のセンスを磨く
―英文快読への誘い―
行方昭夫

「なんとなく意味はわかる」では読めたことにはなりません。選りすぐりの課題文の楽しく懇切な解読を通じて、本物の英語のセンスを磨く本。

B293
夜長姫と耳男
近藤ようこ漫画
坂口安吾原作

長者の一粒種として慈しまれる夜長姫。美しく、無邪気な夜長姫の笑顔に魅入られた耳男は、次第に残酷な運命に巻き込まれていく。〔カラー6頁〕

B294
桜の森の満開の下
近藤ようこ漫画
坂口安吾原作

鈴鹿の山の山賊が出会った美しい女。山賊は女の望むままに殺戮を繰り返す。虚しさの果てに、満開の桜の下で山賊が見たものとは。〔カラー6頁〕

B295
中国名言集　一日一言
井波律子

悠久の歴史の中に煌めく三六六の名言を精選し、一年各日に配して味わい深い解説を添える。毎日一頁ずつ楽しめる、日々の暮らしを彩る一冊。

2019.11

岩波現代文庫[文芸]

B296
三国志名言集
井波律子

波瀾万丈の物語を彩る名言・名句・名場面の数々。調子の高さ、響きの楽しさに、思わず声に出して読みたくなる！　情景を彷彿させる挿絵も多数。

B297
中国名詩集
井波律子

前漢の高祖劉邦から毛沢東まで、選び抜かれた珠玉の名詩百三十七首。人が生きることの哀歓を深く響かせ、胸をうつ。

B298
海うそ
梨木香歩

決定的な何かが過ぎ去ったあとの、沈黙する光景の中にいたい――。いくつもの喪失を越えて、秋野が辿り着いた真実とは。〈解説〉山内志朗

B299
無冠の父
阿久悠

舞台は戦中戦後の淡路島。「生涯巡査」の父をモデルに著者が遺した珠玉の物語が文庫に。父親とは、家族とは？〈解説〉長嶋有

B300
実践 英語のセンスを磨く
―難解な作品を読破する―
行方昭夫

難解で知られるジェイムズの短篇を丸ごと解説し、読みこなすのを助けます。最後まで読めば、今後はどんな英文でも自信を持って臨めるはず。

2019.11

岩波現代文庫［文芸］

B307-308
赤い月（上・下）
なかにし礼

終戦前後、満洲で繰り広げられた一家離散の悲劇と、国境を越えたロマンス。映画・テレビドラマ・舞台上演などがなされた著者の代表作。〈解説〉保阪正康

B309
アニメーション、折りにふれて
高畑勲

自らの仕事や、影響を受けた人々や作品、苦楽を共にした仲間について縦横に綴った生前最後のエッセイ集、待望の文庫化。〈解説〉片渕須直

B310
花の妹　岸田俊子伝
―女性民権運動の先駆者―
西川祐子

京都での娘時代、自由民権運動との出会い、政治家・中島信行との結婚など、波瀾万丈の生涯を描く評伝小説。文庫化にあたり詳細な注を付した。〈解説〉和崎光太郎・田中智子

B311
大審問官スターリン
亀山郁夫

自由な芸術を検閲によって弾圧し、政敵を粛清した大審問官スターリン。大テロルの裏面と独裁者の内面に文学的想像力でせまる。文庫版には人物紹介、人名索引を付す。

B312
声の力
―歌・語り・子ども―
河合隼雄
阪田寛夫
谷川俊太郎
池田直樹

童謡、詩や絵本の読み聞かせなど、人間の肉声の持つ力とは？　各分野の第一人者が「声」の魅力と可能性について縦横無尽に論じる。

2019.11

岩波現代文庫[文芸]

B313

惜櫟荘の四季

佐伯泰英

惜櫟荘の番人となって十余年。修復なった後も手入れに追われ、時代小説を書き続ける毎日が続く。著者の旅先の写真も多数収録。

2019.11